헌팅
프론티어

1판 1쇄 찍음 2017년 5월 24일
1판 1쇄 펴냄 2017년 5월 31일

지은이 | 정사부
펴낸이 | 정 필
펴낸곳 | 도서출판 **뿔미디어**

편집장 | 문정흠
기획 · 편집 | 선우은지 · 한관희

출판등록 | 2002년 9월 11일 (제1081-1-132호)
주소 | 경기도 부천시 원미구 소향로 17번길(두성프라자) 303호 (우) 14544
전화 | 032)651-6513 / 팩스 032)651-6094
E-mail | bbulmedia@hanmail.net
비북스 | http://www.b-books.co.kr

값 8,000원

ISBN 979-11-315-7921-3 04810
ISBN 979-11-315-7112-5 04810 (세트)

정사부 현대 판타지 장편 소설

Hunting Frontier

헌팅 프론티어

14

BBULMEDIA FANTASY STORY

뿔미디어

목차

Chapter 1
위기의 드워프 마을

드래곤 산맥.

뉴 어스를 동서로 가르는 대산맥이다.

최장 3,800㎞의 엄청난 길이의 산맥. 그 가운데는 지구의 최고(最高)의 산인 에베레스트 산보다 훨씬 높은 11,896m나 되는 엄청난 높이의 로드 산이 있다. 그 외에도 에베레스트 산보다 높은 산들이 백 개가 넘는 엄청난 산맥이다.

뿐만 아니라 드래곤 산맥은 많은 지류의 산맥을 가지고 있었다. 그중에는 드래곤 산맥만큼은 아니지만 최장 832㎞에 이르는 산맥도 있었다.

바로 대한민국이 지정한 4대 금지 중 한 곳인 거인의 왕
국이 바로 이곳에 속한 일부의 지역이다.

그만큼 드래곤 산맥과 연결된 산맥들에는 아주 강력한 몬
스터들이 많았으며, 특히나 대형 몬스터가 다른 지역에 비
해 많이 분포하고 있었다.

지금은 사라졌지만 뉴 어스 최강의 생명체이자 몬스터이
며, 타 차원계의 침략자가 나타나면 뉴 어스를 지키던 파수
꾼 역할을 하던 드래곤이 가장 많이 존재했던 곳이기도 하
다.

드래곤들은 너무도 강력한 존재이고, 또 독보적인 존재감
을 가지고 있는 탓에 모든 개체가 홀로 존재하였다.

자연계의 질서가 그렇듯 이런 먹이사슬의 최상위 종은 언
제나 객체 수가 적으며, 또 넓은 영역을 차지한다.

이곳 드래곤 산맥은 많은 숫자의 드래곤이 자신의 둥지인
레어를 만들어 살고 있지만, 그럼에도 별다른 다툼이 없이
잘 지낼 만큼 넓었다.

두두두두!

드래곤 산맥이 멀리 보이는 들판에 뭔가 달리는 소리가
들려왔다. 하얀 점이 빠르게 드래곤 산맥을 향해 접근을 하
고 있었다.

등 위에 뭔가를 태우고 있는 흰색의 무언가. 평원을 달리

는 흰 물체는 바로 제라드에 의해 정진의 가디언이 된 타라 칸이었고, 등에 타고 있는 것은 정진과 한 명의 드워프였 다.

둘의 표정이 너무도 상반된 표정이라는 것이 아주 재미있 는 점이었다.

앞에 앉은 정진은 빠르게 달리는 타라칸으로 인해 바람을 맞으며 무척이나 시원하다는 표정으로 평원을 둘러보고 있 었다.

반면, 뒤에 타고 있는 드워프는 너무도 빠른 속도에 그저 하얗게 질린 얼굴로 떨어지지 않기 위해 앞에 앉은 정진의 허리를 굳게 잡고, 고개를 그 정진의 등 뒤에 푹 파묻고 있 었다.

자세히 보면 드워프는 눈물까지 흘렸는지, 눈가에 먼지와 눈물이 범벅이 된 자국이 고스란히 묻어 있었다.

그는 바로 정진을 드워프의 마을까지 안내하기 위해 동행 하고 있는 드워프였다.

"흐에엑! 천천히! 좀 천천히 좀 달리라고 하시오……. 제 발……."

달리는 타라칸의 위에 있던 드워프 슈인켈은 다 죽어가는 목소리로 애원을 하듯 그렇게 정진에게 소리쳤다.

그는 지금까지 단 한 번도 이렇게 빠르게 이동하는 것을 타본 적이 없었다.

아니, 물론 지구에서는 타라칸이 달리는 것보다 더 빠르게 달리는 탈것을 탄 적 있었다.

다만 그때 슈인켈이 탄 것은 자동차나 비행기 같은, 사면이 막혀 있는 것이었다. 그것은 슈인켈에게 마치 큰 집 안에서 움직이는 것 같은 느낌을 주었을 뿐이었다.

그러니 직접 이렇게 바람을 맞으며 속도감을 느꼈을 리만무했다.

더욱이 타라칸에는 당연히 별다른 안전장치도 없었다.

"우리가 늦으면 늦을수록 드래곤 산맥 안에 있는 당신의 종족들이 위험에 더 오래 노출이 될 것입니다."

정진은 타라칸을 본 뒤부터 계속 징징거리고 있는 드워프 슈인켈에게 그렇게 말을 하였다.

족장인 노커를 수행할 정도로 뛰어난 전사인 슈인켈이지만, 챔피언급 몬스터인 타라칸을 본 뒤로는 겁쟁이 그 이상도 이하도 아니었다.

물론 타라칸은 챔피언급 가운데에서도 그냥 챔피언급이 아닌, 9클래스 마스터의 손에 의해 가디언으로 만들어진 존재다.

같은 챔피언급의 몬스터라도 타라칸을 쉽게 상대할 수는 없었다.

실제로 타라칸은 아케인 클랜의 수호수가 된 이후, 아케인 클랜이 몬스터 헌팅을 나갈 때면 종종 그들을 따라가기도 했다.

타라칸은 그때마다 몬스터를 몰기도 하고, 위험한 몬스터로부터 아케인 클랜 소속 헌터들을 보호하기도 했다.

많은 몬스터와 전투를 벌였고, 그중에는 당연히 챔피언급 몬스터도 있었다.

챔피언급 몬스터는 인간 수준의 지성을 가지고 있을 정도로 무척이나 위험한 존재다. 때문에 타라칸은 챔피언급 몬스터가 나타나자마자 헌터들을 뒤로 물리고 바로 직접 전투를 벌였다.

그 전투에서 타라칸은 유감없이 자신의 진가를 나타냈다. 결과적으로 타라칸이 약간의 상처를 입기는 했지만 무사히 물리칠 수 있었다.

그때 타라칸이 잡은 챔피언급 몬스터는 4대 금지 중 한 곳인 거인의 왕국 쪽에서 흘러나온 트윈헤드 오거였다.

트윈헤드 오거는 자이언트 오거와 비견되는 힘과 인간에 버금가는 지능을 가진 존재다.

어떻게 보면 자이언트 오거보다도 위험한 몬스터였다.

자이언트 오거는 그저 커다란 몸과 엄청난 파워를 가지고 있을 뿐이지만, 트윈헤드 오거는 자이언트 오거보다 훨씬 뛰어난 지능을 가지고 있기 때문이다.

트윈헤드 오거는 심지어 몇몇 다른 몬스터를 정신 지배로 부리기도 한다.

물론 '지배의 인장'이나 '복종의 인장' 마법과 같은 강력한 것은 아니다. 하지만 트윈헤드 오거가 가진 존재감과 지능이 복합적으로 작용하여 하위 몬스터들의 정신을 옭아매 지배를 하는 것이다.

타라칸이 전투를 벌였던 트윈헤드 오거도 바로 이렇게 하위 종의 몬스터를 지배하던 놈이었다.

당시 타라칸은 아케인 클랜의 헌터들이 몬스터를 사냥하기 편하게 몬스터 몰이를 하고 있었다. 그때 우연히 트윈헤드 오거의 지배하에 있던 놈이 걸려든 것이다.

생각지도 않던 챔피언급 몬스터와의 전투는 바로 이렇게 해서 일어났다.

타라칸은 트윈헤드 오거는 물론이고, 그 지배하에 있던 몬스터 십여 마리도 함께 상대해야만 했다.

결과적으로 트윈헤드 오거와 그 수하들은 모두 타라칸에 의해 완벽하게 처리되었고, 정진은 상처를 입은 타라칸에게 회복 주문과 함께 타라칸이 잡은 챔피언급 트윈헤드 오거의 마정석을 주었다.

챔피언급 트윈헤드 오거의 마정석은 대형 몬스터의 마정

석에 결코 뒤떨어지는 것이 아니었다. 하지만 정진은 자원으로서의 가치를 포기하고 그것을 타라칸에게 먹였다.

자신의 가디언이자 아케인 클랜의 수호수이며, 또 자신이 나중에 키워내야 할 아케인 마탑의 수호수로서 타라칸의 성장을 도모하기 위한 투자였다.

그렇게 정진에 의해 다른 챔피언급 몬스터의 마정석을 섭취할 수 있게 된 타라칸은 예전보다 더 강력한 존재가 되었다.

물론 챔피언급 몬스터의 마정석을 섭취했다고 바로 보다 높은 등급인 로드급으로 진화할 수는 없었다.

로드급은 말 그대로 그 종이 최종 진화했을 때의 모습이나 다름없었다.

그것은 9클래스 마스터란 것이 인간의 최종 진화 형태인 것과 마찬가지다.

그 이상이 없을 리가 없지만, 그것은 육체의 한계를 벗어 신의 영역에 들어서는 것이기에 종을 초월했다고 해야 옳았다.

실제로 정진의 스승인 제라드와 젝토르는 9클래스일 때, 육체의 한계 때문에 자신들의 임무를 위해 영혼을 소울 스톤과 라이프 베슬에 봉인하지 않았던가.

하지만 깨달음을 얻어 9클래스의 한계를 벗어나자마자,

둘의 영혼은 봉인된 소울 스톤과 베슬에서 벗어나 상위 차원으로 들어갈 수 있었다.

현재의 정진은 바로 챔피언급 끝과 로드급 초입에 걸쳐 있는 것이라 할 수 있다.

이렇게 자신 있게 위험한 드래곤 산맥에 들어온 것은 결코 자만이 아니었다.

이미 정진은 스승인 제라드와 로난에게서 뉴 어스의 지리 등을 되는 대로 들어두었다.

자신이 가는 드래곤 산맥에 대한 정보를 알고 있기에 드워프 족장인 안티 드라켄 노커의 제안을 수락한 것이기도 하다.

"…알겠다. 참아 보겠다."

결국 언제 그랬냐는 듯 다시 정색을 한 슈인켈은 정진에게 말을 하고는 고개를 들어 앞을 보았다.

하지만 키가 작은 드워프가 인간의 등 뒤에서 고개를 들어봐야, 보이는 것이라고는 그 앞을 가로막은 인간의 넓은 등뿐이었다.

정진의 뒤에서 호기롭게 외치며 고개를 들었던 것도 잠시, 정진의 등을 타고 들어오는 매서운 바람에 슈인켈은 다시 고개를 숙이고 눈을 질끈 감았다.

'젠장!'

헌팅 프론티어

호기롭게 몸을 펴보지만, 드워프라는 생명체의 한계를 넘을 수는 없던 슈인켈이었다.

'이러려고 여기까지 온 게 아닌데.'

슈인켈은 잠시 독일에서부터 여기까지 온 바로 얼마 전의 일을 떠올렸다.

† † †

독일의 베를린 게이트를 넘은 정진과 드래곤 산맥의 드워프 마을까지 안내역을 맡은 드워프 전사 슈인켈은 게이트를 통과하자마자 바로 움직였다.

다음 게이트 이용자를 위해 무조건적으로 자리를 피해줘야 하기 때문이다.

비록 정진과 슈인켈이 게이트를 넘을 당시, 뒤에는 게이트를 넘어오기 위해 대기를 하는 사람은 없었다. 하지만 그렇다 해도 지켜야 할 규칙이었다.

"헌터 허가증을 보여주시기 바랍니다."

뉴 어스의 베를린 게이트 관리자는 정진과 슈인켈의 모습을 확인하고는 바로 허가증을 요구하였다.

그런 관리자에게 정진은 자신의 헌터증을 보였다.

드워프인 슈인켈의 경우는 굳이 허가증을 보이지 않더라

도 상관없다.

그 존재만으로 슈인켈의 정체를 알 수 있었기에 관리자는 그에게 허가증을 요구하지 않았다.

"저희 뉴 베를린에 오신 용건은 무엇입니까?"

간단한 수속을 위해 관리자는 질문을 하기 시작했다.

"내가 보이지 않는 거냐! 이 사람은 우리 드워프를 돕기 위해 온 것이다. 어서 통과시켜! 한시가 급하단 말이다!"

곧바로 들린 슈인켈의 호통에 찔끔한 관리자는 급히 정진에게서 받은 헌터증을 돌려주고 그들을 통과를 시켰다.

이미 유럽연합으로부터 드워프에 관한 사항이 전달이 되어 있었다.

전달 사항에는 정진에 대한 정보도 있었지만, 혹시 더 알아낼 정보가 있을지 모른다는 생각에 붙잡고 질문을 했던 것이다.

하지만 슈인켈로 인해 그런 시도는 수포로 돌아갔다.

"딱 봐도 급한 게 안 보이나, 거참. 바빠 죽겠는데. 난 동족들을 구하러 가는 길이란 말이다."

슈인켈이 씩씩거리며 관리자를 지나쳐 걸어갔다.

투덜거리듯 작게 중얼거렸지만, 그건 어디까지나 드워프

의 관점에서의 작은 소리였다. 인간의 기준에서는 결코 작은 소리가 아니었다.

슈인켈이 중얼거리는 소리는 정진이나 그 옆에 서 있던 게이트 관리자의 귀에 똑똑히 들렸다.

한순간 슈인켈에게 면박을 당한 관리자의 표정이 절로 굳어졌다.

그러거나 말거나 슈인켈은 앞장서서 그 앞을 지나갔고, 정진 또한 자신이 상관할 일이 아니란 생각에 관리자에게 눈길도 주지 않고 이동했다.

아니, 슈인켈로 인해 귀찮음이 줄었으니 오히려 좋은 일이었다.

그렇게 게이트를 통과한 그들은 바로 쉘터인 뉴 베를린을 나왔다.

뉴 베를린을 나온 순간, 슈인켈의 표정은 진지해졌다.

이제부터는 언제 어느 때 몬스터의 공격이 있을지 모르는 위험 지역이기 때문이다.

하지만 슈인켈과 다르게 정진의 눈은 주변을 살피기에 여념이 없었다.

'뉴 서울이나 뉴 대전과 그리 다를 것도 없군.'

정진이 본 뉴 베를린 지역의 풍경은 별로 색다를 것도 없었다.

"여기서 드래곤 산맥까지 얼마나 걸립니까?"

뉴 베를린을 나와 걷던 정진은 그의 눈에 뉴 베를린이 보이지 않을 때쯤, 안내를 맡은 슈인켈에게 물었다.

"음, 이 속도로 10일쯤 가면 드래곤 산맥의 입구가 보일 것이다."

슈인켈이 정진의 질문에 짧게 대답을 했다.

앞으로의 일정이 더 힘들고 길 거라는 걸 누구보다 잘 알지만, 마음은 이미 드래곤 산맥에 있는 동족들에게 가 있었다.

정진이 말을 걸어오는 것조차 시간 낭비로 여겨졌다.

동족을 구원하기 위해 함께 가줄 귀중한 마법사지만, 수년 만에 동족들이 있는 고향으로 향하는 길이다.

그러니 마음이 조급할 수밖에 없었다. 퉁명스럽게 대답이 나가는 것도 거짓말을 못하는 드워프들의 특성상 어쩔 수 없었다.

"아공간 소환! 타라칸, 나와라!"

정진이 갑자기 외치자, 고향 생각을 하며 걷던 슈인켈이 무슨 일인가 싶어 고개를 돌렸다.

'무슨 일이지?'

정진이 하는 행동을 지켜보던 그는 깜짝 놀라 눈을 동그랗게 떴다.

아공간에서 생명체가 나오고 있었다.

드워프들은 마법을 쓸 수 없지만, 마법에 대한 지식이 아예 없는 건 아니었다.

지금은 대부분 소실되었지만 전승되어 온 지식에 의하면, 차원과 차원 사이에 임의의 공간을 만들어 창고처럼 사용하는 마법이 있다. 그것은 슈인켈도 익히 아는 사실이었다.

하지만 그가 알기로 그 공간에 살아 있는 생명체는 절대 들어가서 살 수 없었다.

아공간에는 생명체가 살아갈 수 있는 기본적인 환경이 조성되어 있지 않다. 만약 살아 있는 생명체를 그 안에 넣었다가 꺼내게 되면, 아공간에 들어간 생명체는 숨도 쉬지 못해 죽을 것이다.

그렇게 알고 있던 슈인켈은 놀랄 수밖에 없었다.

아공간 안에서 살아 있는 생명체가 튀어 나오는 것을 두 눈으로 보았기 때문이다.

탁!

그릉!

정진의 아공간에서 나온 것은 타라칸이었다.

위험한 드래곤 산맥으로 가는 일이다. 정진은 본인이 아무리 8클래스의 대마도사라고 하지만 자신을 걱정하는 가족과 주변 사람들을 걱정시키지 않기 위해, 또 드래곤 산맥까지 얼마나 되는지도 알지 못하기에 타라칸을 데려온 것이다.

다른 사람들에게 타라칸의 존재는 비밀이다.

아케인 클랜의 헌터들이야 정진이 마법사이고, 또 자신들이 몬스터를 사냥을 할 때 도움을 주는 타라칸을 자신들의 수호수로서 받아들이고 있기에 상관이 없지만, 다른 헌터 클랜의 헌터나 사람들에게는 극비였다.

타라칸이 충분한 지성이 있다고는 하지만 몬스터라는 사실은 변하지 않는다. 지구의 다른 사람들이 알게 된다면 문제가 생길 수도 있었다.

최대한 정보를 통제하고 알리지 않은 것은 쓸데없는 잡음이 나오는 게 싫어서였다.

아공간에 숨겨 타라칸을 데려온 것은 그래서였다.

어차피 지금은 뉴 베를린이 보이지 않는 곳이기에 안심하고 타라칸을 다시 아공간에서 꺼낼 수 있었다.

슈인켈이 놀라거나 말거나, 아공간에서 나온 타라칸은 아공간에서 나온 것이 기쁜지 나오자마자 정진의 주변을 활보하였다.

그릉!

"타라칸, 원래 크기로 몸을 키워라."

정진이 아직 손바닥만 한 고양이처럼 보이는 타라칸에게 말하자, 타라칸이 작게 하울링을 하며 변신을 풀었다.

그르릉!

타라칸의 몸 주위로 대기를 흔들릴 정도로 마나가 모여들기 시작했다.

하지만 마나를 느끼지 못하는 드워프 슈인켈은 정진이 작고 귀여운 흰색 고양이를 보며 대체 무슨 소리를 하고 있나 생각하고 있었다. 물론 뭔가 큰일이 벌어지고 있다는 것 정도는 알 수 있었다.

"저거 고양이 아닌가?"

슈인켈은 조심스럽게 정진에게 질문을 하였다.

하지만 그의 대답을 듣기도 전에 타라칸이 변신을 끝마쳤다.

변신을 마친 타라칸의 모습을 확인한 슈인켈은 너무 놀라 입이 더 이상 벌어지지 않을 정도로 경악하며 외쳤다.

"레피드 타이거!"

그가 오래 전 떠나온 드래곤 산맥에도 레피드 타이거가 서식하고 있었다.

몬스터의 천국인 드래곤 산맥에서도 먹이사슬 상위에 속하는 종이 바로 레피드 타이거다.

짙은 녹색과 검정색의 줄무늬를 가지고 있는 레피드 타이거는 짐승형 몬스터 중에서는 맞수를 찾기 어려울 정도로 위험한 사냥꾼이기도 했다.

특히 덩치에 맞지 않게 날렵한 것이 그 특징이었다. 레피드 타이거가 숲을 달릴 때는 나뭇잎이 떨어지는 소리도 들리지 않는다는 말까지 있을 정도였다.

소리 없이 몸을 숨기고 있다가 높은 나무 위에서 단숨에 덮쳐 오는데, 그것을 눈치챘을 때는 이미 레피드 타이거의 공격을 피할 수 없었다.

중(重)형 몬스터인 오거도 레피드 타이거의 기습에는 당해낼 재간이 없었다.

재생력이 뛰어난 트롤은 레피드 타이거의 주식이었다.

하지만 지금까지 그가 본 어떤 레피드 타이거도 저렇게 탐스러운 흰색의 털을 가지고 있지는 않았고, 이렇게 거대한 것도 처음이었다.

슈인켈은 느낄 수 있었다.

자연 상태에서 몸을 숨기기 어려운 흰색. 얼성인 색을 가지고 있는 레피드 타이거가 저 정도로 자랄 정도면 결코 평범하지 않을 것이다.

본질을 보는 드워프의 눈에 보이는 타라칸은 절대로 평범한 존재가 아니었다.

"올라오세요."

슈인켈이 타라칸을 보며 생각에 잠겨 있을 때, 그의 귀를 때리는 소리가 들렸다.

언제 올라탔는지 타라칸의 위에 올라탄 정진이 그를 바라보고 있었다.

"그, 그걸 타라고?"

슈인켈은 정진의 말에 깜짝 놀랐다.

보기만 해도 다리가 후들거리고 사타구니가 움찔움찔할 정도인데, 등에 오르라니.

"드래곤 산맥까지 열흘이나 더 가야 한다면서요. 이렇게 걸어가다가는 대체 언제 도착하겠습니까. 동족들이 위험하지 않습니까."

정진의 말이 떨어지기 무섭게 슈인켈은 자신도 모르게 몸을 움찔 떨었다.

비록 수년이 지난 지금에야 이곳에 왔지만, 더 늦어져 동족들이 위험에 처할 수도 있다는 정진의 말에 반응이 없을 수가 없었다.

"…알겠다."

슈인켈은 짧은 다리를 놀려 타라칸에 다가갔다.

그러나 몸은 정직하다고 했던가. 순한 말도 타지 못하는 드워프가 체고가 3m가 넘어가는 타라칸의 등에 올라타려니 발이 떨어지지 않는 게 당연했다.

하지만 언제까지 슈인켈이 타라칸의 등에 오르길 기다릴 수도 없는 노릇. 정진은 결국 마법을 사용했다.

"으앗!"

갑자기 자신의 몸이 붕 떠오르는 느낌에 슈인켈이 새된 비명을 질렀다.

하지만 정진은 그런 것에 상관도 하지 않고 그를 타라칸의 등에 태우고는, 타라칸에게 명령을 내렸다.

"타라칸! 서쪽으로 전속력으로 달린다."

크아앙!

정진의 명령이 떨어지기 무섭게 타라칸은 크게 울부짖으며 전속력으로 달리기 시작했다.

휘이잉!

타라칸이 달리기 시작하자 귓가로 바람이 스쳐 지나가는 소리가 무섭게 들렸다.

마치 폭풍이라도 지나가는 듯 달리는 타라칸의 뒤로 먼지 구름이 짙게 휘날렸다.

타타타타!

정진의 뒤에 있던 슈인켈은 타라칸이 달리기 시작하자 정진의 몸을 타고 흐르는 바람 때문에 눈이 시려 눈조차 제대로 뜰 수가 없었다.

너무 시려 눈물도 찔끔 흘렸다.

"젠장! 뭐가 이리 빨라!"

레피드 타이거가 날렵하다는 것은 알고 있었지만 이렇게 빠를 줄은 짐작도 하지 못했다.

†   †   †

그 후 계속해서 흰색 털을 가진 레피드 타이거 타라칸의 등 위에 매달린 채 며칠째 이동하고 있었다.

슈인켈은 처음 타라칸이 아공간에서 나오던 모습을 떠올렸다.

자신이 그 조그맣던 레피드 타이거의 등 위에 매달려 왔다니.

"으으으으……."

슈인켈이 온몸에 솟아오르는 소름에 몸서리를 쳤다.

정말이지 다시는 경험하고 싶지 않은 일이었다.

하지만 앞으로도 며칠을 더 이런 생활을 해야만 한다는 게 그를 슬프게 했다.

아직도 자신의 고향인 드래곤 산맥까지는 한참이나 남았기 때문이다.

그때였다.

부스럭.

어디선가 들려온 작은 소음에 슈인켈은 상념에서 벗어나 얼른 옆에 세워둔 도끼를 집어 들었다.

하지만 이내 들었던 도끼를 내려놓았다. 소음을 내던 존재의 정체를 확인했기 때문이다.

그들은 현재 해가 떨어진 뒤, 한참을 달려온 타라칸에게서 내려 야영을 하기로 한 상태였다. 바로 모닥불을 피우고 불 위에 작은 솥을 건 다음 정진은 할 일이 있다며 어둠 속으로 사라졌다.

부스럭거리는 소음은 바로 정진의 것이었다.

정진은 작은 개울가 옆에 야영지를 만들었다. 물을 쉽게 얻기 위해서다.

단순하게 생각하면 뉴 어스의 물은 지구처럼 오염이 되지 않아 안전할 것 같지만, 절대 그렇지 않다.

정진이 이렇게 개울가에 자리를 잡은 것은 물을 그때그때 쉽게 정제할 수 있기 때문이다.

뉴 어스의 물은 오염이 되지 않은 대신 어떤 위험한 미생물이 살고 있을지 알 수가 없다.

그 때문에 무조건 정화를 하고 먹어야 한다.

괜히 깨끗하다고 정화도 하지 않고 음용을 하려다가는 큰일 날 수가 있었다.

물론 8클래스의 대마법사인 정진이 그냥 음용을 한다고

큰일 날 일이야 없겠지만 정진은 야영 시마다 언제나 물을 정화하는 것을 잊지 않았다.

클랜장인 자신이 솔선수범을 해야 아래에 그를 따르는 헌터들도 그렇게 할 것이기 때문이다.

물을 길어 정화 마법으로 정화하고 솥에 부은 정진은 물이 끓기 전에 주변에 알람 마법을 설치를 하였다.

아무리 본능적으로 상위 포식자를 피하는 것이 몬스터라 하지만, 기아는 인간은 물론이고 몬스터도 미치게 만든다.

챔피언급 몬스터인 타라칸이 있다고 해도 배고픔에 정신을 놓고 행동하는 몬스터는 의외로 많다.

그러니 야영지 인근에 알람 마법을 설치하는 것이다.

그렇다고 아무 몬스터나 반응하게 설치를 하는 것은 아니었다.

중(重)형 이상의 몬스터가 나타났을 때만 울리게 만들었다.

정진이 그렇게 몬스터의 등급을 높인 이유는 그 미만의 몬스터라면 아무리 미쳤다고 해도 타라칸의 저지를 뚫고 다가올 수 없기 때문이다.

"알람 마법을 설치하고 왔습니다."

정진의 말에 슈인켈이 고개를 끄덕였다.

족장인 노커나 다른 동료들과 함께 인간들에게 도움을 청하기 위해 드래곤 산맥을 떠나왔을 당시에는 정말이지 하루도 편안한 날이 없었다.

그러나 지금은 마법사와 단 둘이 돌아가는 것임에도 그렇게 불안하지 않았다.

무엇 때문인지는 알 수 없었다.

그것은 정진이 드래곤 산맥의 상위 포식자 중 하나인 레피드 타이거를 데리고 다니는 것 때문도 아니고, 또 자신에게 매직 웨폰이나 매직 아머를 만들어 주었기 때문도 아니었다.

그저 함께 있는 것만으로 상대를 편하게 만들어주는 뭔가가 정진에게는 있었다.

잠시 왜 그럴까 의문을 가졌던 슈인켈은 금방 그것을 털어버렸다.

'아이고, 머리 아파! 됐어, 쓸데없는 고민은 그만하자. 편하면 좋지, 뭐!'

뭔가를 대장간에서 만드는 것도 아닌 것에 머리를 쓰다니, 귀찮기만 하다.

그런 류의 생각에 드워프는 무척이나 약했으며, 그건 슈인켈 또한 마찬가지였다.

✝　　✝　　✝

쿵! 쿵!

드래곤 산맥 드워프 마을로 들어가는 입구를 막고 있는 성채.

오크들은 통나무를 깎아 만든 충차를 몰고 성문을 향해 돌진했다. 충차 자체는 조악하기 짝이 없었지만, 오크들의 힘과 흉악함은 그런 것에 크게 구애받지 않았다.

오크들의 위쪽, 성벽에서는 드워프들이 커다란 돌덩이를 들고 아래로 던지고 있었다.

쾅!

퍽!

크악!

대부분의 돌들이 목적을 이루지 못하고 충차에 부딪히거나 그냥 땅에 떨어졌지만 개중에는 더러 오크의 머리통을 맞추는 것도 있었다.

20m가 넘어가는 높은 곳에서 떨어지는 돌덩이. 별로 힘껏 던지지 않아도 맞기만 하면 대부분의 오크들은 머리가 터져 죽어갔다.

그러나 빈자리가 생기는 일은 없었다. 한 오크가 죽는 즉시 다른 오크가 그 자리를 메우며 계속해서 충차를 밀어 댔다.

쿵! 쿵!

성문은 오크들이 미는 충차가 성문에 부딪힐 때마다 심하게 삐걱거렸다. 그 안에는 언제 무너질지 모르는 성문으로 인해 불안한 눈으로 그것을 지켜보는 드워프들이 자리하고 있었다.

하지만 그들의 눈동자에는 활활 타오르는 오크에 대한 분노가 자리하고 있었다.

크아앙!

그런데 이때, 주변을 떨어 울리는 무시무시한 몬스터의 괴성이 들렸다.

꾸구구궁!

뭔가 커다란 것이 무너지는 듯한 소음이 뒤이어 들려왔다.

"헉! 싸이클롭스다. 싸이클롭스가 나타났다."

성벽보다 높은 첨탑 위에 있던 드워프가 다급한 목소리로 외치며 경보를 울렸다.

그 외침을 들은 모든 드워프들이 일순 경악하여 말을 잊었다.

싸이클롭스, 외눈을 가진 거인족 몬스터다.

그 크기는 10m에서 13m에까지 이른다. 큰 덩치를 제

외하고도 싸이클롭스에게는 무엇보다 무서운 점이 또 있었다.

바로 싸이클롭스가 상당한 물리 저항과 마법 저항력을 가지고 있다는 것이다.

싸이클롭스는 고대 거인족인 자이언트의 아류에 가까운 몬스터였다. 자이언트 족처럼 높은 지능은 없지만 그 가죽은 자이언트 족 못지않게 질겼다.

때문에 웬만한 무기로는 싸이클롭스에 대미지를 줄 수가 없었다.

그건 하나하나가 명품이 아닌 것이 없다는 드워프들이 만든 무기도 마찬가지였다. 무기가 아무리 좋다고 해도 어지간한 힘이 아니라면 아예 박히지 않기 때문이다.

또 이 질기고 두터운 가죽으로 인해 싸이클롭스는 6서클 미만의 마법에는 타격도 입지 않았다.

뉴 어스가 멸망하기 전 왕국 시대에도 싸이클롭스를 잡았다는 기록은 별로 없다. 그만큼 사냥이 아주 어려운 몬스터라는 의미였다.

드물게 싸이클롭스가 잡혔다는 기록은 나이트급 타이탄과 워리어급 타이탄들이 출동을 하여 국경 지역에 내려온 싸이클롭스를 사냥한 것이 전부다.

고대 뉴 어스에서 왕국들과 전쟁을 벌였던 흑마법사들은

타이탄을 상대하기 위해 이 싸이클롭스를 연구하였다.

그 결과 다루기 편하고 보다 대량으로 만들어낼 수 있는 몬스터를 만들어낸 것이 바로 자이언트 트롤과 자이언트 오거였다.

하지만 흑마법사들도 끝내 싸이클롭스를 생산하지는 못했다.

그들은 마법으로 싸이클롭스를 생산하는 것이 불가능에 가깝다고 결론지었다. 그 원인은 다름이 아니라 바로 싸이클롭스가 가진 마법 저항력 때문이었다. 워낙 가죽이 질기다 보니 연구를 위해 필요한 마법을 거는 것조차 힘들었던 것이다.

이렇듯 싸이클롭스는 누구도 쉽게 사냥하기 어려운 몬스터라고 할 수 있었다.

그런데 안 그래도 오크들에게 공격을 받아 핀치에 몰려 있는 이런 상황에, 때 아닌 중(重)형 몬스터의 끝판 왕과도 같은 싸이클롭스가 등장한 것이다.

그것을 발견한 드워프들은 물론이고, 드워프를 공격하던 오크들도 공황에 빠지고 말았다.

싸이클롭스는 이곳 드래곤 산맥에서도 먹이사슬의 상위에 존재하는 몬스터였다.

강력한 몬스터임에도 싸이클롭스는 드래곤 산맥에 특별

한 영역을 가지고 있지 않았다.

그 이유는 여러 가지가 있지만, 가장 큰 이유는 바로 싸이클롭스가 다른 드래곤 산맥의 지배자들과는 다르게 무척이나 멍청하고 본능적으로 움직이는 몬스터이기 때문이었다.

이대로 드워프의 성채로 싸이클롭스가 접근한다면 가장 먼저 드워프를 공격하던 오크와 접하게 된다.

싸이클롭스는 오크들을 배가 부를 때까지 잡아먹을 것이다.

그렇다고 드워프들 입장에서는 그것을 좋아할 수도 없었다.

성채를 공격하던 오크들을 모두 잡아먹으면, 싸이클롭스는 그다음으로 드워프들을 잡아먹을 것이다.

아무리 멍청한 싸이클롭스지만 성채 안에 먹이가 있다는 것을 모를 리 없었다. 싸이클롭스는 그들을 모두 잡아먹기 전까지 이 지역을 떠나지 않을 것이 분명했다.

파이어 해머는 절망적인 얼굴로 싸이클롭스를 바라보았다.

드워프들이 드래곤 산맥에 터를 잡아온 이후로 최대의 위기가 닥쳤다고 볼 수 있었다.

다른 몬스터도 아니고 싸이클롭스라니. 드워프들은 암담

한 표정으로 오크들 쪽으로 접근하는 싸이클롭스를 바라보았다.

다른 중(重)형 몬스터들이라면 성벽 앞에 있는 오크들을 사냥한 뒤 자신의 둥지로 그것들을 가져가 먹을 수도 있다.

하지만 일정한 주거지가 없는 싸이클롭스는 그렇지 않았다.

다른 먹이가 있다는 걸 알면, 싸이클롭스는 일단 이동을 멈추고 사냥하던 곳에 눌러앉는다.

그리고 그 먹이가 다 떨어질 때까지 움직이지 않는다. 그들이 완전히 전멸할 때까지 싸이클롭스는 움직이지 않을 것이다.

"대장님, 어떻게 하면 좋겠습니까?"

"그렇습니다. 저희는 어떻게 하면 됩니까?"

드워프 경비대장인 파이어 해머를 둘러싼 소대장들이 절망 어린 표정으로 물었다. 묻고는 있지만, 뾰족한 방법이 없다는 것은 그들도 이미 알고 있었다.

경비대장인 파이어 해머도 마찬가지였다. 싸이클롭스가 나타난 것에 대한 어떤 대안도 떠오르지 않았다.

만약 마을 창고에 선조들로부터 전해져 내려오던 고대 병기들이 남아 있었더라면, 어쩌면 싸이클롭스를 막아낼 수 있었을지도 모른다.

하지만 몬스터를 피해 드래곤 산맥에 들어오는 과정에서 드워프들은 많은 선조의 유산들을 잃어버렸다.

몇 개인가 남아 있는 것이 없지는 않지만, 그것들의 성능은 그리 신통하지 않았다.

그저 현재 드워프 장인들이 만들어내는 것보다 조금 뛰어난 성능을 가지고 있는 정도에 지나지 않는 하급의 물건만이 남아 있을 뿐이다.

마법사들이 만든 아티팩트에 버금가는 이능을 가진 에고 웨폰 같은 무기는 현재 드워프들에게는 남아 있지 않았다.

만약 그런 것이 있었더라면 아마도 성채를 공격하는 오크들도 진즉에 처리를 했을 것이고, 감히 이 일대에선 드워프를 공격하는 몬스터를 찾아보기 힘들었을지도 모른다.

하지만 그것은 지금으로서는 그저 만약에 지나지 않았다.

"일단 모두 피난처로 들어가라!"

"네?"

파이어 해머는 사이클로스가 나타난 것을 보고는 희망을 버렸다.

그는 몰려온 오크들을 막기 위해 성채에 있는 모든 드워프들에게 대피 명령을 내렸다.

그런 경비대장의 말에 다른 드워프들은 싸워보지도 않고 피하려는 그를 멍하니 쳐다보았다.

"내 말 안 들리나? 어서 뛰어!"

파이어 해머는 자신의 말에 멍한 얼굴로 자신을 쳐다보는 드워프 소대장들의 엉덩이를 걷어차며 고함을 질렀다.

"왁!"

경비대장의 발길질에 걷어차인 드워프 소대장들은 짧은 비명을 지르며 뛰기 시작했다.

파이어 해머는 주변에 있던 드워프들이 모두 피난처로 모두 대피를 하자 홀로 남아 싸이클롭스의 행동을 관찰하기 시작했다.

혹시나 무슨 이상이 발생할 경우를 대비한 것이었다.

그러나 싸이클롭스의 행동은 그들의 예상과 조금도 다르지 않았다. 싸이클롭스는 드워프를 공격하기 위해 성채에 달라붙어 있던 오크들을 공격하기 시작했다.

크아!

우워억!

꾸룩! 꾸룩!

갑자기 나타난 싸이클롭스로 인해 공황상태에 빠져 있던 오크들은 싸이클롭스가 본격적으로 공격을 하기 시작하자 괴성을 지르며 싸이클롭스에 달려들기 시작했다.

이미 광기에 물든 오크들은 비록 앞에 있는 상대가 자신들보다 상위에 있는 포식자라는 것을 알고 있었지만 그럼에도 물러서지 않았다. 집단의식이 강한 오크들다운 행동이었다.

수많은 오크 떼가 싸이클롭스 하나에 달라붙었다. 거대한 싸이클롭스에게 달려드는 오크 떼는 마치 떨어진 과자에 달라붙는 개미들처럼 보였다.

크아아아아!

싸이클롭스는 가소롭다는 듯 괴성을 지르며 손에 들고 있던 클럽을 휘둘렀다.

싸이클롭스의 무기는 사실 별다를 것 없었다.

그냥 드래곤 산맥에 흔히 자생하는 침엽수를 뽑아서 걸리적거리는 잔가지를 뜯어냈을 뿐인, 아주 원시적인 모양의 몽둥이였다.

하지만 그렇다고 해서 아주 효과가 없는 것은 아니었다. 드래곤 산맥 깊은 곳에서 자생하는 나무들은 무척이나 단단하다.

그중에서 자신의 키에 맞는 통나무를 뽑아 만든 무척이나 큰 클럽은 대충 봐도 지름이 1m는 되어 보이는 아주 굵은 것이었다.

클럽에 걸린 모든 것이 산산이 부서져 나갔다.

꾸억!

옆에서 싸이클롭스를 향해 호기롭게 달리던 동족이 싸이클롭스가 휘두르는 클럽에 맞아 잘게 부서지는 모습을 보면서도 오크들은 그것이 눈에 들어오지 않는다는 듯, 용맹하게 싸이클롭스를 향해 달려들었다.

하지만 그것은 제3자가 보기에는 정말이지 불속에 뛰어드는 부나방의 모습과 다를 게 없었다.

오크들의 뒤를 잡은 싸이클롭스는 이미 다 자란 성체로 그 키가 무려 13m에 이르고 있었으며, 머리에는 특이하게도 어떤 몬스터의 해골을 마치 투구마냥 쓰고 있었다.

자세히 보면 그것은 일반 몬스터의 해골이 아니었다. 이곳 드래곤 산맥의 또 다른 상위 포식자 중 하나인 와이번의 두개골이었다.

와이번은 머리에서 꼬리까지의 길이만 5~6m에 이르며, 한 쌍의 날개를 가지고 있다.

하늘을 날며 지상의 먹이를 고공에서 기습하여 낚아채는 방식으로 사냥을 하기 때문에 와이번은 보다 상위종인 드레이크를 빼고는 사실상 상대가 없는 몬스터였다.

그럼에도 이 싸이클롭스는 어떻게 잡았는지 와이번의 해

골을 머리에 투구처럼 쓰고 있는 것이다.

그것만 봐도 지금 나타난 싸이클롭스가 평범한 놈이 아니란 것을 알 수 있었다.

이러한 것을 오크들은 알 리 없었지만, 성채 위에서 나타난 싸이클롭스를 관찰하는 파이어 해머는 아니었다.

"젠장! 저놈이 이곳까지 무슨 일로 내려온 것이야!"

파이어 해머는 비로소 싸이클롭스의 정체를 눈치채고 분노하여 외쳤다.

지금 나타난 싸이클롭스는 일반적인 놈이 아니다. 이곳보다 더 남동쪽으로 100㎞ 떨어진 곳에 영역을 가지고 있는 놈이었다.

그 일대에선 이 싸이클롭스가 바로 지배자였다.

자신의 영역을 한참이나 벗어난 이곳까지 무슨 일로 내려온 것인지 알 수는 없었지만, 다른 놈도 아니고 한 영역을 지배하는 싸이클롭스가 이곳에 나타났다는 것은 드워프에게는 더 이상 끔찍할 수가 없는 일이었다.

하지만 파이어 해머는 싸이클롭스가 나타난 것에만 초점을 맞춰 관찰했고, 때문에 지금 나타난 싸이클롭스의 정확한 상태를 살피지 못했다.

오크들을 상대로 클럽을 휘두르고 있는 싸이클롭스를 자세히 들여다보면 몸 여기저기에 비록 아물기는 했지만 상처자국이 나 있는 것을 볼 수 있었다.

싸이클롭스의 피부색이 짙은 암갈색이라 자세히 살피지 않으면 눈치챌 수 없을 정도로 아물어 있는 상처였다. 이 싸이클롭스는 자신이 살던 영역에서 또 다른 몬스터와 싸움을 하다 영역을 쫓겨나 이곳으로 도망쳐 온 것이었다.

싸이클롭스 제노스는 오래전부터 드래곤 산맥 입구나 마찬가지인 남동쪽에 상당한 영역을 가지고 있는 지배자로 군림하고 있었다.

그런데 며칠 전 나타난 특이하게 생긴 변종 레피드 타이거와의 전투에서 패해 도망쳐 이곳까지 들어오게 된 것이다.

일대일 대결이었다면 충분히 그 변종 레피드 타이거와 대결을 해봄 직했지만 레피드 타이거에는 조력자가 있었다.

조그마한 크기의 먹이들이 바로 그것이었다.

처음 제노스는 오랜만에 본 야들야들한 살을 가진 먹이가 제 발로 자신의 영역에 들어온 것에 기뻐하며 사냥을 하려고 했다.

자신의 영역에선 이제 찾아볼 수 없는 아주 작고 부드러운 살을 가진 먹이들이다.

그래서 흥분한 나머지 주변을 살피지 않고 사냥을 하기

위해 뛰쳐나갔는데, 갑자기 옆에서 변종 레피드 타이거가 나타난 것이다.

자신의 영역에 이렇게 강력한 존재감을 가진 경쟁자가 들어온 것도 몰랐다는 것에 화가 난 제노스는 별미인 먹이를 일단 제쳐 두고 자신의 영역을 침범한 경쟁자를 상대하기 시작했다.

하지만 자신이 특별한 싸이클롭스인 것처럼, 자신의 영역에 나타난 레피드 타이거 또한 평범한 레피드 타이거가 아니었다.

맨 처음 기습을 당한 것이 치명적이었다.

그나마 시간이 지나면 상처가 아무는 탓에 충분히 상대할 만했다.

하지만 먹이로 생각했던 것 중 하나가 펼친 마법에 그는 전의를 잃고 곧바로 뒤돌아 도망쳤다.

자신이 평범한 싸이클롭스였다면 아마도 그 마법에 적중당했을 때, 죽지는 않았을지언정 치명적인 부상을 입었을 것이다.

하지만 만약 그랬으면 바로 그 변종 레피드 타이거에게 죽었을 테니 결과는 마찬가지였다.

마법을 보자마자 그 자리를 피하기로 결정한 것은 탁월한 선택이었다.

만약 그런 빠른 결정이 없었다면 그곳에서 빠져나오지 못했을 거고, 사냥을 하는 것이 아니라 오히려 사냥을 당했을지도 모른다.

그렇게 자신보다 약한 도전자를 뒤로하고 영역을 빠져나온 제노스는 혹시나 변종 레피드 타이거와 강력한 힘을 가진 먹이가 함께 자신을 쫓을지도 모른다는 불안감에 쉬지도 않고 드래곤 산맥을 종단하기 시작했다.

보다 깊은 곳으로 가면 쫓지 않을 것이란 생각에 북상을 시작한 것이다.

왜냐하면 북쪽에는 자신보다도 더 강력한 몬스터가 자리하고 있기 때문이다.

물론 자신보다 강력한 몬스터가 있는 영역까지 갈 생각은 없었다.

적당한 곳에 자리를 잡으면 자신보다 약한 변종 레피드 타이거가 더 이상 영역을 넓히기 위해 들어오지 않을 것이라 판단을 한 것이다.

하지만 싸이클롭스 제노스가 미처 생각하지 못한 것이 하나 있었다.

그는 처음 보는 생명체이겠지만 드래곤 산맥에는 드워프들이 존재하고 있으며 바로 지금 자신이 찾아온 것이 그곳이라는 것, 그리고 자신을 공격하던 마법사의 곁에는 그 드워프 종족의 일원이 함께하고 있다는 것이다.

그런 것도 모르고 드워프 종족이 살고 있는 곳으로 왔으니, 제노스의 판단은 막판에 가서 완전히 실패했다고 봐도 과언이 아니었다.

Chapter 2
몬스터 대전

　드래곤 산맥 깊은 곳.

　한 사람과 몬스터, 그리고 한 명의 드워프가 걷고 있었
다.

　몬스터 천국인 뉴 어스에서도 가장 몬스터가 많고, 심지
어 다른 지역에 있는 몬스터보다 훨씬 강한 몬스터들만이
서식하고 있는 드래곤 산맥.

　하지만 이들은 전혀 그러한 것을 신경 쓰지 않는 듯했다.

　그도 그럴 것이 이들은 충분히 자신의 안전을 보장할 수
있을 정도로 강력한 무력을 가지고 있었기 때문이다.

　저벅! 저벅!

"정말 엄청 강해!"

드워프 마을까지 안내를 맡은 슈인켈이 혀를 내두르며 말했다.

어제 드래곤 산맥에 막 진입을 하고 얼마 지나지 않은 때였다.

어디선가 다 자란 싸이클롭스 한 마리가 습격을 해왔다.

더욱이 그놈은 일반 싸이클롭스가 아니라 뭔가 특이한 놈이었다.

머리에 어떤 몬스터의 해골을 뒤집어쓴 그놈은 대체 언제 나타난 건지 숲속에서 기습적으로 그들을 노리고 공격해 왔다.

슈인켈은 그때 수년 만에 돌아가는 고향에 가보지도 못하고 이곳에서 죽는구나 생각했다.

가족들이 있는 마을까지는 아직 좀 더 가야 한다. 드래곤 산맥까지 별일 없이 와서 다행이라고 생각했는데, 코앞까지 와서 평소 보기도 힘든 싸이클롭스를 만나고 만 것이다.

'그때는 꼼짝없이 죽었다고 생각했지.'

하지만 그런 생각도 잠시, 이곳 드래곤 산맥까지 이동 수단으로 타고 왔던 레피드 타이거, 타라칸의 진가를 보게 되면서 슈인켈은 자신이 잘못 생각하고 있었다는 것을 확실히 깨달았다.

아니, 타라칸이 싸이클롭스를 상대하는 것을 보며 깜짝 놀랐다는 것이 정확할지도 모른다.

"어떻게 레피드 타이거가 그렇게 강할 수 있는 건가?"

슈인켈은 지금까지 걸으면서 계속해서 정진을 향해 타라칸에 대한 질문을 하였다.

그런 슈인켈의 질문에 정진은 빙그레 미소를 지으며 간단하게 타라칸이 어떻게 강한지 설명을 해주었다.

그의 설명을 들은 슈인켈은 지금까지 자신이 알고 있던 상식과 다른 정진의 말에 두 눈을 크게 떴다.

"타라칸은 제 스승님께서 가디언으로 만들어주신 존재입니다. 제 스승님은 슈인켈 씨가 아는 그 왕국 시대가 아닌, 그 이전의 아주 고대에 존재했던 마도 제국의 대마도사 중 한 분이셨습니다. 9클래스 마스터이기도 하셨던 스승님께서는 학파의 부흥과 제 안전을 위해 레피드 타이거 중 슈페리어급이었던 타라칸을 잡아 챔피언급으로 강화시켜 제 가디언으로 만드셨죠."

"가디언?"

슈인켈은 정진의 말에 깜짝 놀랐다.

설마 레피드 타이거가 가디언일 줄은 생각지 못했다.

정진의 말을 잘 따르는 것에 뭔가 비밀이 있을 것이라고는 생각했지만, 가디언이라는 것은 드래곤만의 전유물이었기 때문입니다.

"그럼 정진, 자네가 드래곤의 제자라는 것인가? 그렇다면 그대가 속한 마법 학파는 드래곤이 만든……."

"아, 그런 것이 아니라 조금 전에도 말했던 것처럼 제가 익힌 마법의 원류는 고대 마도 제국 아케인이 원류입니다. 드래곤이 아닙니다."

정진은 슈인켈이 오해한 것을 정정하며 자신이 드래곤의 제자가 아님을 확실하게 주지시켰다.

하지만 정진의 설명을 듣고도 슈인켈은 그 말을 쉽사리 믿지 않았다.

드워프들에게 전승되어 온 이야기 중에는 인간과 마법에 대한 것도 있었다. 그에 따르면 인간의 마법은 드래곤처럼 절대적이지 않기 때문에, 타라칸과 같은 강력한 존재를 가디언으로 만들 수 없었다.

그가 알기로 인간의 마법을 통해 가디언으로 만들 수 있는 것은 기껏 해야 다이어 울프 정도였다.

타라칸과 같은 강력하고 대단한 몬스터를 가디언으로 부릴 수 있는 것은 드래곤뿐이라고 슈인켈은 생각했다.

그의 상식으로는 그렇게밖에 생각할 수 없었다.

충격 아닌 충격에 빠져 있던 슈인켈은 곧 이 상황에 대해

납득했다.

'그래, 드래곤의 제자면 어떻고 아니면 어떠냐.'

자신과 동행을 하고 있는 정진이 고대의 마법사에게 마법을 배웠든, 아니면 정말로 드래곤에게 마법을 배웠든 그게 무슨 상관이란 말인가?

어차피 자신은 도움을 청하는 입장이다. 정진의 가디언이 이토록 대단하다면 좋으면 좋았지 나쁠 것도 없다.

이런 결론이 나자 슈인켈은 조금 전 정진과 이야기를 하다 긴장을 했던 것이 우스워졌다.

또한 이런 가디언을 부릴 정도의 마법사라면 충분히 도움이 될 것이란 생각에 마음이 더욱 편안해졌다.

슈인켈은 정진에 대해 조금 알게 되었다고 생각했는지, 아니면 긴장이 풀려서인지 드워프 마을로 향하는 내내 이것저것 그에 대한 질문을 던지기 시작했다.

드래곤 산맥에 들어오면서부터는 슈인켈로 인해 지루할 새가 하나 없을 정도였다.

"그런데 말이야. 어제 놓친 그 싸이클롭스, 좀 이상하지 않았나?"

슈인켈은 문득 어제 자신들을 습격했던 싸이클롭스가 생각나 질문을 던졌다.

"싸이클롭스요?"

슈인켈의 말을 들은 정진은 어제 자신들 일행을 습격했던 와이번의 두개골을 쓴 싸이클롭스를 떠올렸다.

확실히 그놈은 일반 싸이클롭스 같지 않은 모습을 하고 있었다.

그리고 결정적으로 지금까지 챔피언급 레피드 타이거인 타라칸이 다른 몬스터에 밀리는 모습도 처음 보았다.

'살짝 아슬아슬해지기도 했지.'

제노스에게 갑작스레 기습을 당해서 그런 것도 있었다.

레피드 타이거의 주 종목은 정면승부가 아니라 숲속에 몸을 숨긴 채 이루어지는 습격이다.

만약 정진이 적절한 타이밍에 도움을 주지 않았다면 어쩌면 타라칸은 오랜 생을 마감했을지도 모른다.

단순히 싸이클롭스와 레피드 타이거 종의 차이에서 나는 격차만이 아니었다. 정말로 그 싸이클롭스는 강했다.

정진이 작정을 하고 잡으려 했다면 충분히 잡을 수도 있었겠지만, 가디언인 타라칸이 정말 오랜만에 호적수를 만난 것 같아 일부러 적당히 도움만 주고 결과를 기다렸던 것이다.

그런데 설마 싸이클롭스가 도망칠 줄은 정말로 상상도 못했다.

일반 등급의 몬스터도 아니고 한눈에 봐도 한 지역을 지배하는 지배자급 몬스터가 자신의 영역에 침입한 침입자를 두고 전투 중에 도망을 친다는 것은 들어본 적도 없고, 또 있을 수 없는 일이다.

하지만 실제로 그런 일이 벌어졌다. 싸이클롭스는 자신의 영역을 두고 영역 밖으로 도망을 친 것이다.

그 말은 이제부터 싸이클롭스가 지배하던 지역을 타라칸이 지배하게 되었다는 말이다.

그렇지만 타라칸은 드래곤 산맥에 남아 싸이클롭스의 영역을 지배할 수 없다.

타라칸은 어디가지나 가디언이기 때문이다.

정진이 앞으로 만들어갈 아케인 마탑을 수호하고 마탑의 발전을 위해 노력하는 것이 가디언으로서의 사명. 타라칸의 수명이 다할 때까지 지켜져야 할 일이다.

'확실히 타라칸보다 강한 몬스터가 없진 않겠지만 설마 드래곤 산맥 초입부터 그런 몬스터를 보게 될 줄은 몰랐네.'

지금까지 정진은 타라칸만큼 강력한 몬스터를 본 적이 없었다.

대한민국 헌터 협회에서 선포한 4대 금지에 있는 한 영역의 지배자급 몬스터도 타라칸만큼 강할 것이라고는 생각지 않았다.

그렇다고 타라칸이 무적이라고도 생각지는 않았지만, 설마 드래곤 산맥에 들어서자마자 이렇게 강력한 몬스터를 만나게 될 줄은 전혀 예상하지 못했다.

물론 드워프들이나 로난에게 비슷한 이야기를 듣기는 했지만 설마설마했는데.

그 싸이클롭스를 놓치게 된 데에는 이렇게 너무 갑작스럽게 강한 몬스터와 마주친 탓에 조금 당황한 이유도 있었다.

지금 생각하면 무척이나 아까운 생각이 들었다.

그 정도 몬스터라면 나중에 요긴하게 쓰였을 것인데, 너무 당황한 나머지 놓쳐 버렸기 때문이다.

뭐, 자신과 타라칸이 나서면 그 정도 몬스터는 나중에라도 충분히 잡을 수는 있을 것이다.

정진은 이미 도망친 싸이클롭스에 대해서는 잊기로 하고 부지런히 발걸음을 옮겼다.

이곳 드래곤 산맥의 몬스터는 지금까지 상대했던 몬스터와는 사뭇 다르다는 것을 새삼 깨닫는 계기가 되기도 했으니 나쁜 일만은 아니었다.

"뭐, 다음에 또 기회가 있겠죠."

정진의 대답에 슈인켈은 그의 얼굴을 빤히 바라보았다.

자신이 본 그 싸이클롭스는 드래곤 산맥에서도 쉽게 찾아보기 힘든 지배자급 몬스터로 보였다.

그런데 다음에 또 기회가 있으면 잡으면 된다는 정진의 말에 깜짝 놀라지 않을 수 없었던 것이다. 그는 그 자신감에 감탄했다.

지금까지 그가 본 지성체는 같은 드워프들과 지구의 인간들뿐이다.

하지만 슈인켈은 장인 종족인 자신의 종족에 대한 자부심이 강해, 지구에 있을 때도 인간들의 과학이란 이기에 놀라면서도 애써 흠집을 찾아내며 별거 아닌 것으로 치부하곤 했다.

과학이라는 것을 빼면 그리 대단해 보이지도 않는 것이 사실이기도 하였기에 슈인켈은 인간들에 대해 그리 높이 평가하지 않았다.

'어쨌든 인간들이니까.'

심지어 그 과학에도 허술한 부분이 참으로 많아, 자신들의 도움으로 겨우 몬스터와 대항할 수 있는 무기를 만들 수 있지 않는가.

자신들이 온 뉴 어스에만 오면 인간들의 무기는 이상하게 별로 힘을 발휘하지 못했고, 처음과 다르게 무척이나 허술한 무기 체계로 변한다.

물론 그 병기들이 하나같이 사용 못할 것은 아니었지만

일단 너무 소리가 요란해 몬스터를 끌어들이고 만다.

하지만 몬스터 천국인 뉴 어스에서 그러한 행위를 한다는 것은 자살행위나 마찬가지다.

즉, 사실상 쓸 수 없다는 거나 진배없었다.

드워프들은 인간들의 무기 체계를 아예 바꿔 버리기로 했다.

괜히 인간들이 만들어낸 무기를 가지고 동족이 있는 드래곤 산맥으로 가져갔다가는 드워프족의 멸망을 초래할지도 모르는 일이었다.

슈인켈을 비롯한 드워프들은 인간들을 만나 지구에 살면서 지금까지 수많은 사람을 만났다.

그중에는 유럽연합을 이끌어가는 각국의 지도자들도 있었고, 또 유럽 유수의 헌터 클랜이나 길드의 마스터들도 있었다.

하지만 드래곤 산맥을 떠나온 이후 만난 인간들 중 큰 소리를 치는 인간들 치고 제대로 된 인간은 하나도 없었다.

그것은 자신들이 몸을 위탁하고 있던 곳의 지도자도 마찬가지였다.

하나같이 말만 앞세웠지 제대로 된 약속이나 행동을 보이던 인간이 드물었다.

물론 아예 한 명도 없던 것은 아니었지만, 어느 정도 신뢰할 수 있는 인간 중에도 자신들이 원하는 정도의 역량을 가지고 있는 이들은 없었다.

때문에 실질적으로 인간이 드래곤 산맥에 고립된 드워프들을 돕기란 요원했다.

그 때문에 노커와 함께 드래곤 산맥을 떠나온 드워프들은 모두 몇 년 동안이나 동족에게 돌아가지 못하고 지구에서 인간들이 드래곤 산맥에 진출할 정도로 무력이 강해질 때까지 기다리고 있었다.

솔직히 인간들이 그렇게까지 강해질 수 있을까 라는 의문이 들었던 것도 사실이다.

슈인켈이나 지구에 있던 드워프들은 사실 회의적인 생각을 갖고 있었다.

다만 오래전부터 인간은 불꽃과도 비견될 정도로 무척이나 변화무쌍한 존재란 이야기를 들었기에, 노커의 의견에 따라 인간을 발전시키는 데 총력을 기울였다.

실제로 자신들의 도움으로 인간은 아주 빠른 속도로 발전하기 시작했다.

자신들을 만났을 때만 해도 겨우 트롤이나 상대하던 인간들이 이제는 오거는 물론이고, 아주 드물기는 하지만 대형 몬스터인 드레이크 사냥에 성공하기도 했다.

물론 그때마다 피해를 입기는 하지만, 어찌 되었든 그게 어딘가. 인간들에게 전해 듣기론 지구의 인간들은 수십억 명이나 되는 숫자를 가지고 있다고 했다.

그 정도 숫자면 뉴 어스에 있는 몬스터와 비교를 해도 결코 적은 숫자가 아니다.

많은 숫자의 헌터가 피해를 입는다 해도 그 결과를 낼 수 있다면 그것만으로도 비약적인 발전이었다.

실제로도 희생당한 헌터들에게 충분한 보상을 해주고도 엄청난 이익을 보았기 때문이다.

다만 뉴 어스에 남아 있는 드워프들은 하루하루를 어렵게 생존해 가고 있을 것이란 생각에 초조할 뿐이었다. 분명 빠른 발전이긴 했지만 그것으로는 부족했다.

그런데 얼마 전부터 새로운 소식이 전해지기 시작했다.

오래전 사라졌던 아티팩트가 다시 생산되고 있는 것은 물론이고, 마법사들이 만들어내는 외상 치료제인 포션이 등장했다는 것이다.

이때부터였다. 사실 그동안 반쯤 포기하고 있던 희망을 다시 새기기 시작한 것이.

몬스터를 상대하는 데에는 마법만 한 것이 없었다.

아무리 자신이 마법과 상성이 좋지 못한 드워프라고는 하지만 이것만은 인정하지 않을 수 없었다.

오래전 마법이 가미된 무기를 들고 있던 드워프 전사들이 어떤 활약을 하였는지 슈인켈은 어려서부터 들어왔다.

그리고 실제로도 매직 웨폰을 들고 종족의 안전을 위해 싸우는 드워프 전사의 전투를 보기도 했고 말이다.

아무리 잘 만들어진 드워프 장인의 무기라도 어느 한계 이상의 몬스터를 만나게 되면 제 힘을 발휘하지 못한다.

하지만 마법이 가미된 매직 웨폰들은 아니었다.

어떤 몬스터를 만나던 제 위력을 발휘하는 것은 물론이고, 때로는 위기의 순간에 역전을 시킬 수도 있었다.

하지만 마법은 오래전 인간의 멸망과 함께 뉴 어스에서 사라진 상황.

드워프와 사이가 그리 좋지 못한 엘프도 약간의 마법을 하기는 하지만 그들이 사용하는 마법은 인간의 마법처럼 위력적이지는 않다.

인간이 호전적이고 또 파괴적인 마법들을 발달시킨 반면 엘프의 마법은 조화에 근간을 둔 마법이다 보니 몬스터들을 상대하기에는 적절하지 않았던 것이다.

인간의 멸망과 동시에 몬스터의 공격 방향이 이종족으로 돌아서면서 드워프들뿐만 아니라 엘프들도 그들의 유산을 대다수 잃어버렸다.

물론 이 또한 드워프가 드래곤 산맥 깊은 곳으로 숨어들기 전의 정보다.

그들의 상황도 자신들과 크게 다르지 않을 것이다. 포션과 매직 웨폰이 새롭게 생산되고 있는 것을 보고, 드워프들은 어쩌면 엘프들 사이에서 마법이 아직 전승되고 있는 것인가 생각하기도 했다.

그런데 포션과 아티팩트들을 만들고 있는 것이 지구의 인간이라는 것을 알았을 때는 얼마나 놀랐던가.

새롭게 나타났다는 인간 마법사만이 희망이라고 생각한 드워프들은 몇 번이나 정진과 접촉하기 위해 노력해 왔다.

어찌어찌 장본인과 직접 만났을 때, 사실 슈인켈은 생각보다 너무 어리고 평범한 정진의 모습에 조금 실망했다.

하지만 그런 생각도 뉴 어스에 도착을 하면서 사라졌다.

정말로 정진이 타이탄을 홀로 만들어 냈을까 반신반의하던 그는 정진이 아공간을 사용하고, 또 그 안에서 살아 있는 가디언을 꺼내는 것을 보고 깨끗이 머릿속에서 의심을 털어버렸다.

현재는 정진이 위대한 존재, 즉 이제는 드래곤 산맥에서도 전설이 되어버린 드래곤의 제자가 아닐까 의심 아닌 의심을 하고 있는 중이었다.

방금 전 그 발언으로 슈인켈의 그런 의심은 더욱 확고해져 갔다.

"그런데 말일세."

"또 뭡니까?"

정진은 숲길을 걸으며 계속해서 질문을 하는 슈인켈이 지겹지도 않은지 미소를 지으며 그를 돌아보았다.

"지금 우리는 드래곤 산맥 안에서 몬스터들을 방어하고 있는 우리 종족을 도와주기 위해 가고 있는 것 아닌가."

"그렇지요."

"그래서 말인데, 어떻게 도움을 준다는 것인가? 내게 그랬던 것처럼 우리 드워프 전사들에게 매직 웨폰을 만들어주어 드워프들이 몬스터를 직접 상대할 수 있게 만들어준다는 것인가? 아니면……."

슈인켈은 정진이 자신들을 어떻게 도와주겠다는 것인지 궁금해 참지 못하고 질문을 하였다.

지구에 있을 때는 하도 급하게 떠나오느라고 족장인 노커에게도 아무런 말도 듣지 못했다. 정진에게 물어보려 해도 노커가 막아 질문을 할 수 없었던 것이다.

하지만 이곳에서는 자신의 질문을 막을 노커가 없다.

"물론 그것도 있고, 또 전사가 아닌 일반 드워프들이 안전하게 생활을 할 수 있게 쉘터를 만들어 주기도 할 것입니다. 뿐만 아니라……."

여기까지 와서 말하지 못할 것도 없었기에 정진은 어렵지 않게 자신이 드워프 마을에 가서 해줄 것들에 대한 계획을 하나하나 설명해 주었다.

그중에는 방금 전 슈인켈이 말한 매직 웨폰을 만들어 주는 것도 들어 있었지만, 무엇보다 가장 핵심은 우선적으로 드워프가 안전하게 생활을 할 수 있는 주거 공간을 만들어 주는 일이었다.

생활이 안정이 되어야 종족이 번성을 할 것이 아닌가.

우선 드워프가 살고 있는 지역에 몬스터가 침입을 하지 못하게 결계를 만들 것이고, 주거지 주변을 확실히 안전하게 정리할 것이다.

안전뿐만 아니라 식량, 먹을 것 또한 중요한 일이다. 정진은 아공간에 식량뿐만 아니라 드워프들이 키울 닭, 돼지, 소 등 여러 종류의 가축들도 상당수 가져왔다.

자신이 아무리 커다란 아공간을 가지고 있다고 하지만 식량을 가져올 수 있는 양에는 한계가 있다.

인간들에게도 식량은 무척이나 중요한 자원이다.

지구도 아직 상당한 지역이 몬스터에 의해 아직 점령이 되어 있어 식량 수급이 원활하지 못하다.

그렇기에 드워프를 위해 가져올 수 있는 식량도 제한적일 수밖에 없었다. 정진은 대신 살아 있는 가축을 가져가기로 한 것이다.

가축이라면 키워서 숫자를 늘릴 수도 있고, 살아 있는 상태이기에 오랜 기간 부족한 식량을 대체할 수 있을 것이란 생각이었다.

물론 가축을 제대로 기르기 위해선 드워프들이 현재 살고 있는 이상의 넓은 지역을 확보해야만 할 것이다.

이러한 것들은 마법으로 해결을 해야만 한다.

"정말로 그렇게 해줄 수 있나?"

정진의 이야기를 들으면 들을수록 슈인켈은 벌어지는 입을 다물 수가 없었다.

지금까지 그는 이런 정진의 계획을 생각해 본 적이 없었기 때문에 정진의 계획이 실현 가능한 것인지조차 가늠할 수가 없었다. 결국 정확한 판단을 내릴 수 없다고 판단한 슈인켈은 대신 정진에게 확인을 했다.

"물론입니다. 조금 시간이 걸리기는 하겠지만 가능합니다."

장인 종족인 드워프들이 자신의 지시를 잘 따라주기만 한다면 충분히 빠른 시일에 자신이 세운 전반적인 계획들을 실현할 수 있을 거라고 정진은 생각했다.

이런 판단을 한 데에는 자신이 가지고 있던 드워프란 종족에 대한 정보와 로난에게서 들은 이야기들이 주효

했다.

드워프는 비록 키는 작지만 파워 슈트를 입은 헌터들에 못지않은 완력을 가지고 있다.

그러니 아케인 클랜의 쉘터를 만들 때, 정진은 아케인 클랜의 헌터들을 모두 동원했던 것처럼 드워프들을 총동원해 안전한 거처를 만들려고 계획하고 있었다.

물론 쉘터를 만들 때의 소음으로 인해 몬스터가 몰려올 수도 있었다.

하지만 이 부분은 그리 걱정하지 않아도 될 것이다. 이미 드래곤 산맥에서 한 지역의 지배자급 몬스터가 된 타라칸이 함께하기 때문이다.

✝   ✝   ✝

싸이클롭스 제노스는 기분이 무척이나 좋았다.

충분히 먹어도 될 만큼 작은 먹이들이 많이 있었기 때문이다.

제노스는 그동안 드래곤 산맥 안쪽에 너무도 강력한 적들이 살고 있는 탓에 자신의 영역을 벗어나 드래곤 산맥 깊은 곳까지는 들어올 수 없어 제대로 먹이를 먹지 못했다.

그런데 여기서는 직접 사냥을 하며 굳이 힘을 들이지 않

아도 되었다. 잔뜩 쓰러져 있는 먹이들을 주워 먹기만 하면
되어서 기분이 좋았다.

물론 몇몇 살아 있는 먹이들이 반항을 하고 있지만 그건
제노스의 입장에선 상관이 없었다.

반항하면 모두 죽여 잡아먹으면 되기 때문이다.

그렇지만 제노스는 여기서 한 가지 실수를 하고 말았
다.

자신이 드래곤 산맥의 입구 근처를 지배하고 있었던 것처
럼 이곳에도 이 지역을 지배하는 존재가 있었다.

다만 눈앞에 보이는 먹이 때문에 눈이 멀어 미처 생각하
지 못한 것이다.

제노스가 허기를 달래기 위해 달려드는 오크들을 상대로
클럽을 휘두르고 있을 때, 또 다른 곳에선 이런 제노스의
움직임을 지켜보는 존재가 있었다.

높은 절벽 위, 구름이 걸린 그곳에서 지상에서 벌어진
드워프와 오크의 싸움에 끼어든 싸이클롭스 제노스를 주시
하고 있는 존재. 그의 눈에는 참을 수 없는 분노가 가득했
다.

그르르륵!

낮은 하울링을 흘리며 불편한 감정을 드러낸 그것은, 검
붉은 피부로 뒤덮여 있었고 머리에는 두 개의 날카로운 뿔

이 자라 있었다.

언뜻 보면 드래곤으로 오해를 할 정도로 흡사한 모습의 그것은 드워프와 오크의 싸움에 난입한 싸이클롭스를 죽일 듯 노려보았다.

그는 레드 드레이크 타노스였다. 타노스는 성체가 되면서 어미에게서 독립을 한 지 얼마 되지 않은 레드 드레이크였다.

드레이크는 성체가 되면 그 크기가 30m에 이르는 대형종의 몬스터다.

제아무리 13m의 신장을 가진 싸이클롭스 제노스라도 레드 드레이크 타노스에 비하면 절반에도 미치지 못하는 크기다.

사실 이런 드레이크들이 드래곤 산맥 곳곳에 있는 탓에 타라칸을 능가하는 챔피언급 몬스터인 제노스도 드래곤 산맥 중심이 아닌 외각에 자리를 잡고 있는 것이었다.

하지만 타노스는 어미에게서 독립을 한 지 얼마 되지 않았고, 이 지역에 온 지 얼마 되지 않은 탓에 지역 전체에 지배자인 타노스의 체취가 그리 강하게 퍼져 있지 않았다.

그 때문에 자신의 영역을 잃고 산맥 깊이 들어온 제노스가 이곳이 레드 드레이크 타노스의 영역이라는 것을 미처 눈치채지 못하고 들어온 것이다.

만약 타노스가 이 지역을 오랜 기간 지배하고 있어 그 체취가 쌓여 있었다면 아무리 제노스라도 함부로 타노스의 영역에 들어올 생각을 하진 않았을 것이다.

하지만 아쉽게도 타노스의 체취는 아직 충분히 이 지역에 쌓이지 않은 상태였다.

물론 제노스가 아닌 다른 몬스터였다면 자신의 영역에 들어왔어도 별로 크게 신경을 쓰지 않았겠지만, 안타깝게도 제노스는 충분히 타노스를 위협할 만한 힘을 가진 몬스터였다.

그것이 타노스가 불편한 심정을 드러내고 있는 가장 큰 이유였다.

자신에 비해 약하기는 하지만 충분히 위협적인 몬스터가 자신의 영역에 침입을 하는 것은 보통 한 가지 이유밖에 없기 때문이다.

바로 영역을 건 결투.

지배자급 몬스터가 다른 지역 지배자의 영역을 침범하는 경우는 그것뿐이다.

비록 이곳이 자신이 직접 결투를 벌여 차지한 영역이 아닌 부모로부터 넘겨받은 곳이라 하지만, 그렇다고 해서 결코 다른 몬스터에게 빼앗길 생각은 없다.

타노스는 자신의 영역을 침범한 싸이클롭스를 처리하기 위해 기회를 엿보고 있었다.

크앙!

쾅! 쾅!

제노스에게 덤벼들던 오크들이 더 이상 덤비지 않고 숲속으로 도망을 치기 시작했다.

그런 오크들의 뒷모습을 보며 싸이클롭스 제노스는 손에 들고 있는 클럽을 땅바닥에 몇 번 두들기며 괴성을 질렀다.

싸움에 승리를 했다는 표현이기도 했으며, 또 다른 의미로는 다시 덤비면 가만두지 않겠다는 오크들에 대한 경고였다.

숲속으로 사라지는 오크에 대한 경고를 마친 제노스는 여기저기 놓인 오크의 시체 쪽으로 몸을 돌렸다.

그리고 자신의 클럽에 맞아 피떡이 된 오크의 시체를 하나둘 챙기기 시작했다.

시체를 주워 모은 제노스는 그것들을 한쪽에 쌓아 놓았다.

그러고는 그곳에 자리를 잡고 앉았다.

드워프가 건축한 성채의 벽을 등받이 삼아 기댄 제노스는 한쪽에 쌓아놓은 오크의 시체에 손을 뻗었다.

크르르릉.

뷔페나 다름없는 만찬이었다. 제노스는 기분 좋은 소리를 내며 오크 시체 하나를 들고는 입으로 가져갔다.

언젠가 먹었던 야들야들한 고기는 아니지만 오크 또한 다른 지역에서 맛보기 힘든 별미였다.

드래곤 산맥에서는 찾아보기 힘든 부드러운 고기를 가지고 있는 것이 바로 오크였기 때문이다. 오늘 제노스는 기분이 너무도 좋았다.

그동안 도망을 치면서 허기를 채우지 못했는데 오늘은 기분 좋게 배를 채울 수 있어 기분이 좋기도 했고, 또 자신이 등을 기대고 있는 벽 뒤에 지금 먹고 있는 먹이보다 더 맛있는 먹이가 있음을 알기에 더욱 기분이 좋았다.

더군다나 제노스가 느끼기에 벽은 그리 두껍지 않았다.

자신이 힘을 쓰면 충분히 부숴 버릴 수 있을 정도의 두께였다.

그러니 식사 시간이 너무도 좋을 수밖에 없는 것이다.

더욱이 주변을 살펴봤지만 그 어디에도 이 지역을 지배하는 몬스터의 낌새가 느껴지지 않았다.

물론 이런 좋은 곳에 지배자가 없다는 것이 의아하기는 하지만 굳이 지금 그걸 신경 쓸 이유가 없었다.

이 지역을 차지한 지배자가 없다면 영역을 잃은 자신이

이 지역을 차지하면 되는 것이다.

비록 밀리기는 했지만 당시 싸웠던 몬스터는 하나가 아니라 둘이었기에 밀린 것이라고 제노스는 생각했다.

이렇게 먹이가 풍부한 곳에 지배자가 없다는 것을 이상하게 생각할 만도 했지만, 당장 눈앞의 먹이들에 눈이 먼 제노스는 드래곤 산맥이 어떤 곳인지에 대해 망각하고 그저 쌓아둔 오크들을 먹는 데에만 열중하고 있었다.

자신이 힘이 약해 드래곤 산맥 입구와 가까운 곳에 영역을 가지고 있던 것이 아니라고 생각하는 제노스는 자만심에 빠져 있었다.

더욱이 요 며칠 도망치면서 먹이를 제대로 먹지 못해 굶주려 있었기 때문에 판단이 흐려진 상태였다.

절벽 위 자신의 둥지에서 자신의 영역을 침입한 싸이클롭스 제노스를 주시하던 레드 드레이크 타노스의 눈에 분노의 광기가 차오르기 시작했다.

그르륵!

이제는 아예 자리를 잡고 잡은 먹이를 먹고 있는 모습을 보자 괘씸하기 이를 데 없었다.

크와아악!

퍽! 퍽!

더 이상 참을 수 없다고 판단한 타노스는 홰를 치며 하울링을 하였다.

휘이잉!

타노스의 날갯짓에 일대에 광풍이 불어오기 시작했다.

절벽이 너무 높아 그 영향은 절벽 아래에 있는 제노스에까지 전달이 되지는 않았다.

다만 커다란 타노스의 괴성은 충분히 밑에서 먹이를 먹고 있던 제노스의 귀에 또렷하게 들렸다.

타노스가 그렇게 분노의 괴성을 지르며 공중으로 날아올랐을 때, 타노스의 괴성을 들은 제노스는 갑작스럽게 울리는 몬스터의 괴성에 먹던 오크의 시체를 던지고 괴성이 들린 하늘 위로 시선을 던졌다.

쿵!

그르륵!

방금 자신이 들은 몬스터의 괴성에 실린 힘이 결코 자신의 아래가 아님을 깨달은 제노스는 자리에서 일어나 한쪽 옆에 내려놓았던 클럽을 집어 들었다.

클럽을 들자 어느 정도 안정이 된 제노스는 긴장한 채 허공을 바라보았다.

비록 무기를 손에 들고 있기는 했지만, 들려온 괴성에는 결코 무시 못 할 힘이 실려 있었기에 앞으로 시작될 전투가 어려워질 것이라는 걸 직감한 것이다.

어쩐지 이렇게 좋은 사냥터에 지배자가 없더라니.

허공에서 괴성이 들려온 것으로 보아 드래곤 산맥에서도 강자로 군림하고 있는 드레이크가 이곳의 지배자였음을 어렵지 않게 추측할 수 있었다.

마침내 둥지로부터 벗어난 타노스가 드워프들의 성채 위로 모습을 드러냈다.

쾅! 쾅!

크아아앙!

검붉은 비늘로 덮인 드레이크의 모습을 본 제노스는 들고 있던 클럽을 바닥에 몇 차례 두드리며 흉성을 내질렀다.

드레이크는 크기로 보아 독립한 지 얼마 되지 않은, 새롭게 영역을 확보한 어린 드레이크로 보였다.

비록 드래곤 산맥 외곽이기는 했지만 오랜 기간 한 지역을 지배하던 자신과는 다르다.

어느 정도 승산이 있을 것 같다고 판단한 제노스는 흉악한 눈으로 타노스를 노려보았다.

크워어어어억!

제노스에 대답이라도 하듯 하늘 위에서 활공하고 있던 타노스가 울부짖었다.

타노스가 비록 이제 갓 성체가 되었다고는 하지만 드레이크는 드레이크. 그 울음소리는 대기를 떨어 울리는 듯한 커다란 소리였다.

그 때문에 이 일대의 몬스터들 사이에서는 때 아닌 비상사태가 벌어졌다.

한편 성채 위에서 갑자기 튀어나온 싸이클롭스의 행동을 관찰하던 파이어 해머는 갑작스럽게 들려온 또 다른 몬스터의 괴성에 반쯤 정신을 놓은 채 허공을 바라보았다.

싸이클롭스 하나도 감당하기 힘든 마당에 그보다 더 위협적인 괴성이 머리 위에서 들리고 있으니 다리에 힘이 풀리고 정신이 몽롱해졌다.

'젠장! 왜 여기서 이러는 거야!'

파이어 해머로서는 억울하기 짝이 없는 일이었다.

다른 곳도 많은데 하필 드워프들의 마지막 생존지인 이곳에 무시무시한 몬스터들이 하나도 아니고 둘이나 나타난다는 말인가.

오크의 습격도 막아내기 버거운 상태에서 이렇게 감당하기 힘든 몬스터들이 기다렸다는 듯이 나타나니 정말로 기가 막혔다.

휘이잉!

파이어 해머가 이런 생각을 하고 있을 때, 갑자기 하늘에서 세찬 바람이 불어왔다.

그리고 뭔가 거대한 것이 파이어 해머의 머리 위에 그림자를 만들며 떨어지기 시작했다.

쾅!

그리고 순식간에 싸이클롭스를 덮쳤다.

크아아악!

크아아앙!

거대한 덩치를 가진 싸이클롭스의 몸을 뒤덮고도 남을 엄청난 크기의 드레이크가 싸이클롭스를 향해 날카로운 이빨을 드러내며 날아드는 것이 보였다.

"드레이크! 그것도 가장 흉폭한 레드가 이곳에 나타나다니 어떻게 된 일이야!"

파이어 해머는 지금까지 이곳에 자리를 잡고 살아오면서 레드 드레이크를 한 번도 본 적이 없었다.

레드 드레이크는 드래곤이 사라진 드래곤 산맥 안에서도 최강의 몬스터로 군림하는 존재들이었다.

호랑이 없는 곳에 여우가 왕이라고, 드래곤 산맥에서 드래곤들이 오래전 자취를 감춘 뒤 드래곤의 애완동물 내지는 가디언으로 있던 드레이크들이 금제에서 벗어나게 되었다.

생명체로서의 본능에 이끌려 번식을 하기 시작한 드레이크들은 점차 드래곤 산맥의 새로운 주인으로 자리 잡게 되었다.

물론 제노스처럼 드레이크가 아닌 몬스터도 드래곤들의 가디언으로 있었기에 이런 몬스터들이 드래곤 산맥의 강자로서 이곳저곳에 흩어져 영역을 나눠 지배하였다.

이런 영역 분배가 처음부터 순조롭게 이루어진 것은 아니다.

비록 가디언 출신들이기는 하지만 몬스터들은 서로에 대한 동지애나 연대 의식이 하나도 없었다.

드래곤 산맥을 뒤흔든 무한 경쟁을 통해 아주 오랜 시간에 걸쳐 그들의 영역이 나뉘었다.

제노스의 선대 싸이클롭스는 드레이크들에 밀려 드래곤 산맥 외곽으로 밀려난 것이었다.

다만 이곳 드워프의 생존지는 드레이크들의 주 무대인 드래곤 산맥 중심지가 아니라 중심에서 조금 벗어난 중간 지점이었다.

중심부는 아니지만, 넓은 활동 영역을 가지고 있는 드레이크로서는 충분히 이곳에 둥지를 틀 수 있다.

이곳에는 그들이 둥지를 마련하기에 아주 적합한 높은 절벽도 있었기에, 타노스의 부모 세대 드레이크부터 이곳을 지배해 왔다.

그런 곳에 정진과 타라칸을 습격했다가 패해 도망을 친

제노스가 이곳으로 들어왔으니 싸움이 벌어지는 것은 당연한 수순이었다.

레드 드레이크 타노스의 경우 자신의 영역을 침범한 적을 공격하는 것이 당연하다. 한편 영역을 잃고 새롭게 사냥터를 꾸려야 하는 싸이클롭스 제노스의 입장에서는 풍부한 먹이가 있는 이곳을 자신의 영역으로 삼아야 했다.

제노스는 조금 버거운 상대이기는 하지만 이제 갓 독립한 것 같은 어린 드레이크와 결투를 벌이기로 마음 먹었다.

결심이 선 제노스가 있는 힘껏 클럽을 휘둘렀다.

쾅! 쾅!

끄악!

크아앙!

레드 드레이크 타노스는 공중에서 앞다리와 주둥이로 제노스의 빈틈이 보일 때마다 공격을 해댔고, 이에 맞선 싸이클롭스 제노스는 연신 오른손에 든 클럽을 휘두르면서 자신을 공격하는 타노스를 견제하였다.

휘잉!

제노스가 자신의 머리를 물으려는 타노스의 머리를 향해 클럽을 휘둘렀다.

하지만 거대한 덩치에 맞지 않게 레드 드레이크 타노스는 무척이나 기민하게 반응하며 제노스가 휘두른 클럽을 피해 공중으로 몸을 띄웠다.

그리고 공중에서 한 바퀴 선회하여 마치 매가 병아리를 채듯 빠르게 하강하여 뒷발로 제노스의 어깨를 낚아챘다.

너무도 순식간에 벌어진 일이라 제노스는 미처 방비를 하지 못하고 양 어깨를 타노스에게 내줄 수밖에 없었다.

순간 당황하여 붙잡히고 만 제노스는 타노스가 공중으로 자신을 낚아채 하늘 위로 오르자, 곧바로 들고 있던 클럽을 버렸다. 그리고 자유로워진 양손으로 자신의 어깨를 쥐고 있는 타노스의 양발을 붙잡았다.

크아앙!

그러고는 괴성을 지르며 양손에 힘을 주었다.

크아아악!

그 힘이 얼마나 대단한지 타노스는 자신의 발목에서 전해지는 고통에 비명을 질렀다.

하지만 타노스도 당하고만 있지는 않았다.

뒷발의 발목에서 전달되는 고통에 비명을 지르면서도 타노스는 억지로 몸을 공중으로 띄우며 비행을 하기 시작했다. 그러고는 돌연 공중에서 몸을 틀어 드워프가 만든 단단한 성채로 가 붙잡고 있는 제노스의 몸을 연달아 처박아 버렸다.

아무리 힘이 좋은 드레이크라지만 싸이클롭스의 가죽은 쉽게 충격을 주기 어렵다. 본래 타노스는 제노스를 낚아채 높은 곳에서 추락시키려 했지만, 발목에서 느껴지는 고통에 높은 곳까지 몸을 띄울 수가 없었다.

그래서 단단한 드워프의 성채와 자신의 비행 속도를 이용해 제노스에 타격을 주려 한 것이었다.

쾅! 쿠르릉!

그 때문에 애꿎은 드워프의 성채가 수난을 겪기 시작했다.

타노스는 어떻게든 자신의 발목을 붙잡은 제노스를 떼어내는 동시에 그에게 일정 이상의 타격을 주기 위해서 애를 썼다.

한편 손이 풀리게 되면 속절없이 타노스에 의해 공중으로 끌려가게 되는 제노스는 필사적으로 타노스의 발목을 쥐고 아래쪽으로 무게를 주어 당겼다.

만약 이대로 공중으로 끌려가게 되면 어떤 결과가 벌어질지 제노스 또한 잘 알고 있기 때문이다.

드레이크의 사냥법은 의외로 간단하다.

먹이가 되는 몬스터를 붙잡아 공중으로 끌고 올라가 높은 상공에서 붙잡은 것을 놓아버리는 것이다.

그러면 어떤 강력한 몬스터도 살아날 수 없다.

물론 붙잡혔던 몬스터가 하늘을 날 수 있는 날개를 가지고 있다면 문제가 없겠지만 드레이크는 하늘을 날 수 있는 비행형 몬스터 중 최강의 존재다.

비행형 몬스터를 잡는 데는 그런 수고를 들일 필요도 없었다.

그냥 하울링으로 기선을 제압하고 그냥 물어죽이면 되기 때문이다.

이렇게 붙잡아 공중으로 끌고 올라가 떨어뜨리는 사냥법은 오로지 육지의 몬스터를 사냥을 할 때뿐이었다.

이러한 드레이크의 사냥법을 알기에 제노스는 필사적으로 타노스의 발목을 붙잡고 늘어지고 있었다.

쾅!

크워어억!

타노스가 계속해서 자신의 몸을 단단한 성채에 처박자, 제노스는 더는 안 되겠다고 판단했다.

제노스는 타노스가 다시 자신을 드워프의 성채에 부딪히게 만들려 할 때, 타이밍을 맞추어 타노스의 발목을 잡고 있던 손 중 왼손을 풀어 드워프의 성채 한곳을 단단하게 붙들었다.

더 이상 자신의 몸을 끌고 이리저리 끌고 다니지 못하게 하려는 것이다.

그러자 다시 몸을 틀어 띄우려던 타노스가 주춤하였다.

제노스가 성채의 한 부분을 붙잡으니 진행 방향에 제동이 걸린 것이다.

제노스는 이런 타노스의 몸이 주춤하는 순간을 놓치지 않고 순간 힘이 빠진 타노스의 발목을 힘껏 자신 쪽으로 끌어당겼다.

자신이 있는 쪽으로 타노스가 끌려오자 제노스는 붙잡고 있던 성채에서 손을 떼고는 타노스에게 힘껏 몸을 날렸다.

타노스는 제노스가 몸을 날리는 낌새를 느끼고는 그가 무슨 의도로 몸을 날리는 것인지 깨닫고 얼른 몸을 흔들었다. 30m나 되는 거구가 몸을 흔들자 일대에 먼지가 휘날렸다.

하지만 몸에 힘을 주고 홰를 쳐도 제노스의 힘이 너무도 강해 그를 떨쳐낼 수가 없었다.

꽉!

타노스가 자신을 떨어뜨리기 위해 몸부림을 칠 때, 제노스는 손을 놓고 공중으로 몸을 날렸다. 그러고는 그대로 타노스의 오른쪽 날개를 붙잡았다.

최강의 몬스터인 드레이크라 하지만 약점이 없는 것도 아니다.

거대한 몸체를 공중으로 띄워 올리는 날개야말로 드레이크의 가장 큰 무기이자 약점이었다.

날개가 없는 드레이크는 거대한 몸뚱이를 가진 몬스터에 지나지 않다.

그들의 주 활동 무대는 공중이다. 드레이크의 뼈는 비슷한 덩치의 육상 몬스터에 비해 그리 단단하지 않았다.

그런 타노스의 약점을 꿰뚫고 있는 제노스는 그대로 오른쪽 날개를 움켜쥐어 뼈째 부러트려 버리려고 하였다.

비록 자신에 비해 거의 세 배에 가까운 크기를 가진 타노스지만 날개만 없다면 충분히 승산이 있다는 판단이었다.

제노스는 이런 비행형 몬스터를 사냥한 경험이 무척이나 많았다.

그가 머리에 쓰고 있는 몬스터의 두개골 역시 드레이크는 아니지만 비행형 몬스터 중 상당히 강력한 존재인 와이번의 것이다.

그것도 그냥 와이번도 아니고, 와이번 중에서 가장 강력한 종인 블랙 와이번이었다.

드레이크에 비해 작기는 하지만 평균 5~10m인 여타 와이번 종과는 다르게 블랙 와이번은 평균 10~15m의 크기를 가진 강력한 비행형 몬스터다.

제노스는 그런 블랙 와이번을 사냥한 뒤 그 해골을 마치 헬멧마냥 쓰고 다녔다. 자신의 강력함을 자신이 지배하는 영역의 몬스터들에게 보이고, 언제 찾아올지 모르는 경쟁자를 미리 경계하기 위한 것이었다.

때문에 제노스는 타노스를 상대로 어떻게 싸워야 자신에게 유리한지 잘 알고 있었다.

✝   ✝   ✝

"저기 저 언덕만 넘어가면 성채가 보일 것이다."

슈인켈은 이곳까지 오면서 생경한 경험을 했다.

수년 전 인간들에게 종족의 위기를 극복하기 위한 구원을 요청하기 위해 족장인 노커와 함께 여러 전사들이 출발할 때는 모두 목숨을 내놓고 터전을 나왔다.

그 과정에서 많은 숫자의 드워프 전사들이 몬스터의 습격에 생을 마감했다.

다행히 전사들의 희생을 밑거름으로 하여 드래곤 산맥을 무사히 벗어난 족장 노커와 다른 드워프들은 어렵사리 인간들을 만날 수 있었다.

그 만남이 마냥 순조로웠던 것은 아니다.

약간의 마찰이 있기는 했지만, 다행히 노커가 가진 통역의 반지로 인해 그들의 쉘터로 가서 그들의 지도자를 만나 이야기를 할 수 있었다.

그렇게 고생을 해서 드래곤 산맥을 통과했던 기억이 아직도 생생하다.

그런데 그때와는 사뭇 다르게 달랑 정진과 자신, 그리고 정진이 가디언으로 데리고 있는 몬스터 한 마리와 함께 마치 산책이나 하듯 드래곤 산맥을 통과하고 있는 것이다.

'조금만 더 가면 가족과 친척들을 만날 수 있겠구나!'

슈인켈은 이미 마음만큼은 벌써 수년 전 떠나온 고향에 가 있었다.

자신이 없던 동안 얼마나 많은 동족들이 몬스터에 의해 희생되었을지 알 수는 없지만, 최대한 많은 친척들이 살아 자신이 돌아온 것을 반겨주었으면 하는 작은 소망이 가슴 깊은 곳에서부터 솟아났다.

그의 발걸음이 더욱 빨라지기 시작했다.

하지만 드워프인 그가 걸음을 빨리 한다고 해서 속도가 나는 것은 아니었다.

오히려 험한 산길에 발이 꼬이는 일만 많아질 뿐이다.

그들이 막 슈인켈이 가리킨 언덕을 넘기가 무섭게 몬스터의 괴성이 들려오기 시작했다.

끄악!

크워억!

단순히 몬스터의 괴성이 아니다. 거대한 몬스터들이 싸움을 벌이는 소리였다.

아직 드워프인 슈인켈은 그 소리를 듣지 못했지만 정진이나 타라칸은 이미 언덕에 오르기 전부터 그 소리를 듣고 있었다.

다만 그 몬스터들이 드워프 마을에서 난동을 부리고 있지만 않기를 바라는 마음으로 조용히 걷고 있었던 것이다.

하지만 언덕 위에서 내려다보니, 저 멀리 떨어진 절벽 인근에 커다란 몬스터들이 싸움을 벌이는 모습이 한눈에 들어왔다.

몬스터들이 싸움을 벌이는 곳 주변에는 작은 시체들이 널브러진 모습도 보였다.

정진은 혹시 그 시체들이 드워프의 시체는 아닐까 하는 걱정이 들었다.

"슈인켈 씨, 드워프 마을에 문제가 생긴 것 같으니 제가 먼저 가보겠습니다. 뒤따라서 오십시오."

"뭐라고?"

그러고는 곧바로 마법을 써서 쏜살같이 드워프 마을 쪽으로 달려 나갔다.

그 뒤에서는 슈인켈이 방금 자신이 들은 말이 무슨 뜻인지 아직 파악을 하지 못하고 되묻고 있었지만, 정진은 이미 저만큼 멀어진 뒤였다.

그런 정진의 뒤로 타라칸이 빠르게 따라갔다.

정진은 복잡한 숲길을 마치 바람이 통과하듯 자연스럽게 피해가며 날아 드워프 마을에 도착했다.

Chapter 3

어부지리

척!

몬스터의 괴성이 들린 방향은 분명 드워프 마을 쪽이었
다.

정진은 몬스터의 모습을 확인하자마자 바로 몸을 날려 도
착했다.

바람결에 몸을 실어 날리는 윈드 워크 마법이었다. 몸을
띄워 빠르게 날아 드워프 마을을 감싸는 성채가 보이는 곳
까지 날아온 정진은 우선 나무 위에 앉았다.

13m나 되는 싸이클롭스, 또 그 싸이클롭스의 두 배
가 넘는 덩치를 가진 거대한 드레이크의 모습이 눈에 들어왔다.

"허⋯⋯."

싸이클롭스를 본 정진이 헛웃음을 지었다.

"저놈, 그때 도망친 놈 아닌가?"

머리에 와이번의 두개골을 뒤집어쓰고 있는 것이 분명 드래곤 산맥 입구에서 만나 타라칸과 전투를 벌였던 그 싸이클롭스로 보였다.

그 뒤로 산맥 안으로 계속 들어왔는데도 보이지 않기에 완전히 놓쳤다고 생각하고 있었는데, 뜻밖에 도망친 싸이클롭스가 자신이 가려던 드워프 마을 앞에서 드레이크와 대결을 펼치고 있을 줄은 상상도 하지 못했다.

"자신의 영역을 잃고 도망쳐서 이곳의 지배자와 영역 다툼을 벌이고 있나 보군."

정진은 두 몬스터가 무엇 때문에 싸움을 벌이고 있는지 금방 짐작을 할 수 있었다.

정진은 우선은 싸이클롭스와 드레이크의 싸움에 끼어들지 않고, 드워프 마을 주변을 살펴보았다.

다행히 오면서 혹시나 드워프들의 시체인가 생각했던 것들은 거의 대부분이 오크들의 시체였다. 정진은 안도의 한숨을 내쉬었다.

드워프 마을이 오크들의 습격을 받고 있다가, 정진이 드래곤 산맥에 진입하면서 도망친 싸이클롭스가 그 뒤를 덮친 모양이었다.

바닥에 널브러져 있는 오크들은 싸이클롭스와 드레이크의 전투에 산산조각이 나 처참한 모습이었다.

물론 싸이클롭스가 드워프를 돕기 위해 그런 것은 아니겠지만, 어찌 되었든 드워프들이 아직까지 큰 희생을 치른 것은 아닌 듯했다.

크워억!

크와아악!

정진이 이렇게 드워프 마을 앞에 도착을 해서 입구에서 싸움을 벌이고 있는 두 몬스터와 주변을 살피고 있을 때도, 레드 드레이크 타노스와 싸이클롭스 제노스는 정진을 발견하지도 못한 채 생사를 건 대결을 하고 있었다.

정진이 두 몬스터를 관찰하고 있을 때, 정진보다 조금 늦게 타라칸이 도착을 했다.

절벽에서 떨어져 내려섰음에도 레피드 타이거라 그런지 일체의 소음도 들리지 않았다.

크와아악!

갑자기 드레이크인 타노스가 고통스러운 비명을 내질렀다.

정진은 그런 타노스를 보며 고개를 끄덕였다.

싸이클롭스 제노스가 타노스의 오른쪽 날개를 죽자고 잡고 늘어지더니, 급기야 날개를 이루는 뼈 일부를 부러뜨리는 데 성공을 한 것이다.

균형이 무너진 타노스는 결국 바닥에 떨어지고 말았다. 거기다 이후 더 이상 하늘을 날지 못하게 되었다.

제노스의 방해만 없다면 부상을 입었다 하더라도 고통을 참고 자신의 둥지까지 날아갈 수 있었을 것이다.

하지만 이미 작정을 한 제노스의 끊임없는 견제로 인해 타노스는 쉽게 공중으로 날아오르지 못했다.

그렇다고 타노스가 그냥 제노스의 공격을 일방적으로 당하고만 있는 것은 아니었다.

비록 지상에 내려앉았기에 자신의 가장 큰 무기인 비행을 사용할 수 없게 되었지만, 타노스의 크기는 제노스에 비해 압도적이었다.

네발로 몸을 지탱하고 서 있더라도 타노스는 제노스보다 크다. 또 현재 제노스는 무기가 없는 상태이다. 타노스는 혹시라도 제노스가 버린 클럽을 다시 쥐고 덤비면 더 불리해진다는 것을 알고, 제노스가 한쪽에 버려둔 클럽을 잡지 못하게 견제를 했다.

크앙!

타노스는 오른쪽 날개에서 전해지는 고통을 참으며 제노

스를 향해 주둥이를 벌린 채 덤벼들었다.

하지만 이미 드레이크의 최고 무기인 날개를 무력화 시켰기에 제노스는 더 이상 적극적으로 덤벼들지 않았다.

그리고 자신이 한쪽에 버려둔 클럽을 쥐기 위해 타노스를 눈치를 보며 주변을 맴돌았다.

갑작스럽게 두 몬스터의 대결이 소강상태가 되었지만 장내에 펼쳐진 긴장감은 그 어느 때보다 더 고조가 되었다.

그리고 한순간 서로의 빈틈을 찾은 것인지 두 몬스터가 격돌하였다.

그런데 이번 격돌은 조금 전과는 양상이 달랐다.

조금 전의 싸움이 서로의 능력을 알아보기 위한 전초전이었다면, 이번의 대결은 확실하게 상대를 거꾸러뜨리기 위한 본 게임이었다.

쾅! 쾅!

꾸왁!

크엉!

덩치가 큰 드레이크 타노스에 비해 싸이클롭스인 제노스가 조금은 더 날렵했다.

하지만 그건 어디까지나 둘의 입장에서지, 멀리서 두 몬스터의 대결을 지켜보는 정진의 눈에는 둘 다 굼뜬 모습이었다.

타노스가 주둥이로 제노스의 오른팔을 물었다.

그러자 제노스는 살짝 몸을 틀어 오른팔을 뒤로 빼서 그것을 피하며, 가슴 어림을 스쳐 지나가는 타노스의 머리를 지나 목을 감싸 안았다.

하지만 드레이크의 목은 상당히 굵어 아무리 제노스라고 해도 한 번에 잡기에 불가능했다.

더욱이 타노스는 제노스가 그렇게 피할 것을 알고나 있었다는 듯, 몸을 받치던 앞발을 이용해 목을 감아오는 제노스의 팔을 견제했다.

두 몬스터는 그렇게 공방을 주고받으며 대결하고 있었다.

아무리 제노스가 싸이클롭스 중에서 경험도 많고 강력한 존재라고 하지만 레드 드레이크인 타노스에게는 파워와 덩치에서 밀린다.

점점 힘에서 밀린 제노스는 급기야 살짝 몸을 빼려는 모습을 보였다.

요 며칠 사이 강력한 적을 연달아 겪다 보니 제노스는 자신감이 떨어진 상태였다.

더욱이 타라칸과 싸우던 중 정진의 공격을 받아 당한 부상도 모두 나은 것이 아니기에 타노스에 비해 처음부터 열세였다.

덩치며, 힘 그리고 몸 상태까지 모든 면에서 타노스에게 밀리는 상태.

그나마 지금까지 동등하게 대결을 할 수 있었던 것은 제노스가 오랜 기간 싸우면서 습득한 경험과 기술 덕이었다.

만약 제노스가 몸 상태만 정상이었다면 신체적 열세가 있다 해도 박빙의 승부를 펼쳤을 것이다.

하지만 상처를 회복하기 위해 먹이를 섭취하고 있을 때 타노스의 공격으로 시작된 싸움이었기에 어쩔 도리가 없었다.

이렇게 점점 제노스는 타노스에게 밀리고 있었다.

이런 두 몬스터의 대결을 지켜보는 정진은 이 대결의 결말이 얼마 남지 않았다는 느낌을 받았다.

— 정진, 드레이크는 좋은 타이탄을 제작하는 데에 아주 안성맞춤인 재료다.

정진이 막 두 몬스터의 대결에 언제 뛰어들지 시간을 재고 있을 때, 목걸이에 있던 로난이 머릿속에 메시지를 보냈다.

그런 로난의 메시지에 정진도 심상으로 대답을 하였다.

— 나도 잘 알고 있어! 드레이크뿐만 아니라 그제 놓친 저 싸이클롭스도 타이탄 제작에 많은 도움이 될 것 같아.

— 나도 그렇게 생각한다. 대충 풍기는 마력의 양만 봐도 저것들이 가진 마정석은 최상급의 것이 분명하다.

로난은 목걸이를 통해 들어오는 마력의 향기로 대결을 펼치고 있는 제노스와 타노스가 가진 마정석의 등급을 예측하였다.

정진이야 아직 최상급 마정석이 어느 정도인지 비교할 기준이 없기에 정확한 등급을 알 수는 없었지만, 두 몬스터가 가진 마정석의 마력이 상당하다는 것은 느낄 수 있었다.

타라칸을 능가했던 싸이클롭스, 그리고 그것을 상회하는 드레이크의 마력이라면 충분히 상급보다 더 많은 마력을 가지고 있을 것은 충분히 짐작할 수 있는 내용이었다.

정진은 드워프 마을의 안전을 위해 마법진을 설치하기 위해 상급의 마정석을 가져왔는데, 저것들이 가진 마정석 중 하나를 사용한다면 보다 큰 마법진을 설치할 수 있을 것 같다고 생각했다.

정진의 입가에 저절로 미소가 걸렸다.

크앙!

정진이 생각에 잠겨 있을 때, 싸이클롭스에게서 다급한 비명이 들렸다.

레드 드레이크 타노스의 날카로운 이빨이 제노스의 목을 물어왔기 때문이다.

너무 지쳐 더 이상 그 공격을 피할 수 없게 된 제노스는 비명을 지르며 자신의 목을 물어오는 타노스의 주둥이를 양손으로 막았다.

급기야 두 몬스터는 힘 대결에 들어갔다.

한쪽은 상대를 물고 있는 주둥이에 힘을 주고, 또 한쪽은 양팔에 힘을 주어 주둥이를 벌리고 있었다.

두 거대 몬스터의 대결이 막바지에 접어들었음을 깨달은 정진은 자신의 옆에 조용히 자리를 잡고 있는 타라칸에게 메시지를 보냈다.

— 타라칸, 싸이클롭스를 맡아라.

— 알겠습니다. 마스터.

정진은 타라칸의 대답을 들은 즉시 바로 동화 마법을 펼쳤다.

"어시밀레이션(Assimilation)!"

정진이 은신 마법이 아닌 동화 마법을 사용한 것은 사실 타라칸 정도의 챔피언급 몬스터에게는 은신 마법이 별 소용이 없기 때문이었다.

마력으로 강제로 몸을 보이지 않게 만드는 것이라 마력의 이동에 민감한 챔피언급 몬스터는 이런 변화를 금방 알아챈다.

하지만 주변과 동화를 하는 동화 마법은 다르다.

마력을 사용하는 것은 마찬가지지만, 시전자의 몸을 가리기 위해 강제로 주변의 마나를 변화시키는 것이 아니다. 동화 마법은 시전자가 가진 마력으로 주변의 마나와 시전자의 마력을 비슷하게 동화시키는 것이다.

그렇기에 챔피언급 이상의 몬스터에게는 은신 마법이 아닌 이 동화 마법이 더 효과적인 마법이다.

주변과 동화를 한 정진은 조용하면서도 빠르고 은밀하게 싸이클롭스를 공격하고 있는 드레이크의 뒤로 돌아갔다.

그런 정진의 움직임과 맞물려 타라칸 또한 정진이 지정해 준 자신의 담당인 싸이클롭스의 뒤로 은밀하게 움직였다.

대결에 집중하고 있는 타노스와 제노스는 이런 둘의 움직임을 전혀 눈치채지 못하고 있었다.

타라칸이 움직이는 것을 눈치채지 못하는 것은 타라칸에게 정진이 마법을 걸어줘서 그런 것이 아니라, 레피드 타이거인 타라칸 고유의 주변과 동화되는 능력 때문이었다.

더욱이 타라칸은 그런 레피드 타이거 중에서도 챔피언급으로 진화한 존재다.

그러니 아무리 레드 드레이크 타노스나 싸이클롭스 제노스라고 해도 숲에서 타라칸을 찾기란 요원한 일이었다.

한편 타노스의 뒤로 돌아간 정진은 가까이서 본 타노스의 크기가 저 멀리서 관찰할 때보다 큰 것에 놀라, 이대로는 안 되겠다고 판단하고 드워프의 성채로 올라갔다.

20m 높이의 성채에 올라섰지만 그래봐야 뒷발로 선 채

제노스와 붙어 있는 타노스의 머리보다 살짝 낮은 높이였다.

하지만 정진에게는 딱 적당한 높이가 아닐 수 없었다.

드워프의 성채 위에서 본 타노스의 모습은 딱 목을 치기 좋은 높이였다.

"타깃 세팅(Target setting). 그레이트 윈드 커터(Great wind cutter)!"

정진은 목표를 지정한 뒤, 5클래스 바람 계열 마법인 윈드 커터 마법을 변형해 굵은 드레이크의 목도 단번에 절단할 수 있을 정도의 거대한 바람을 만들어냈다.

직경 5m의 거대한 푸른색의 톱날이 생성되더니, 빠르게 제노스의 손에 붙잡혀 있는 타노스의 머리를 향해 날아갔다.

아니, 정확하게는 타노스의 목이었다.

갑작스런 소음에 깜짝 놀랄 만도 했지만 타노스나 제노스는 이런 변화에 눈도 깜빡이지 않고 상대만 노려보고 있었다. 서로 간의 싸움에 너무 집중한 탓이다.

그것이 자신들의 마지막이 될 것이라고는 타노스도 제노스도 상상하지 못했다.

5m나 되는 거대한 바람 톱날은 빠르게 날아가 타노스의 목을 통과해 사라졌다.

갑자기 손에 느껴지는 감각이 변하자, 제노스가 의아한 듯 고개를 갸웃거렸다. 그리고 그 즉시, 제노스 또한 갑자기 사고가 정지가 되었다.

언제 나타난 것인지 타라칸이 제노스의 등 뒤에서 그의 목을 정확히 물어뜯은 것이다.

13m나 되는 신장을 가지고 있지만 타라칸의 점프력은 그보다 더 높은 곳까지 뛰어 오를 수 있다.

점프를 하며 내려오는 힘까지 실린 타라칸의 공격에 싸이클롭스 제노스의 목은 그 힘을 견디지 못하고 부러져 버렸다.

그 때문에 타노스에게서 전해지는 힘이 갑자기 줄어든 것에 의문을 품던 순간 제노스 또한 생을 마감한 것이다.

너무도 순식간에 벌어진 일이었다.

최강의 몬스터 중 하나인 레드 드레이크 타노스는 물론이고, 그에 버금가는 싸이클롭스 제노스까지 서로 대결을 벌이다 엉뚱한 곳에서 나타난 또 다른 적에 의해 생을 마감하게 된 것이다.

정진이 성채 앞에서 전투를 벌이고 있을 때, 또 다른 곳에서는 드워프 한 명이 급하게 숲길을 뛰어오고 있었다.

정진이 급하게 사라지고, 곧이어 타라칸까지 정진의 뒤를 따라 사라지자 슈인켈은 처음에는 무척이나 당황했다.

지금까지 자신의 안전을 책임지고 있던 존재들이 사라졌기 때문이다.

하지만 그것도 잠시, 정진이 급히 던지고 간 말이 조금씩 이해되었고, 무엇보다 저 멀리서 들리는 몬스터의 괴성이 그의 귀를 때리기 시작했다.

그때서야 정진이 무엇 때문에 그렇게 급히 사라졌는지 깨달은 슈인켈은 급히 정진이 사라진 곳으로 뛰기 시작했다.

그렇지만 정진이 얼마나 빠르게 사라진 것인지, 금방 따라 달린 것 같았는데도 정진의 모습은 그 어디에도 없었다.

그래서 어쩔 수 없이 슈인켈은 자신의 안전을 위해 챙겨 왔지만 그동안 정진과 동행을 하면서 한 번도 손에 쥐지 않았던 도끼를 손에 들고 달렸다.

언제 어느 때 몬스터가 나타나더라도 반응을 할 수 있게 손에 쥔 것이다.

정진이 만들어준 매직 웨폰을 손에 쥐자 불안감에 뛰던 가슴이 진정이 되었다.

뿐만 아니라 급히 뛰느라 정신이 없던 것도 진정되었다. 슈인켈은 자신이 입고 있는 매직 아머를 조작하기 시작했다.

원래 마력을 담을 수 없는 드워프이기에 헌터처럼 몸에

마력을 가지고 있지 않다.

그 말은 일반적인 매직 아머는 드워프가 입더라도 작동이 되지 않는다는 소리다.

이 때문에 정진은 슈인켈의 안전을 위해 특별히 드워프도 사용할 수 있는 매직 아머를 개발해 주었다.

정진은 드워프용 매직 아머를 만들기 위한 힌트로 헌터들이 사용하던 파워 슈트에서 그 방법을 착안했다.

파워 슈트가 파워 팩을 가지고 슈트의 기능을 유지하는 것처럼, 정진은 드워프용 매직 아머를 파워 슈트의 파워 팩 역할을 하는 마력 장치를 따로 구현하여 만들어낸 것이다.

그 때문에 드워프용 매직 아머는 일반 매직 아머와 다르게 조금 둔해 보이긴 했지만, 그 기능은 일반 매직 아머와 별 차이가 없었다.

인간에 비해 지닌바 근력이 뛰어난 드워프이기에 장갑의 두께를 더욱 두텁게 하여 방어력을 더 높이기도 했다.

드워프용 매직 아머는 이렇게 파워 팩의 기능을 가진 마력로가 따로 가슴에 만들어지면서 매직 아머라기보다는 타이탄의 장갑 형태에 가까워져 버렸다.

다만 드워프용 매직 아머는 타이탄처럼 에고가 있는 것도 아니고, 거대 몬스터를 상대할 수도 없다. 하지만 중형 몬스터 정도는 충분히 상대할 수 있게 설계가 되었다.

슈인켈이 뒤늦게 자신의 매직 아머의 기능을 활성화하면서 그의 움직임은 조금 전과는 비교가 되지 않을 정도로 빨라지기 시작했다.

아마 지금까지 이 세상에 살았던 드워프 중 지금 슈인켈이 가장 빠르게 달린 드워프일 것이다.

"어어……."

슈인켈은 매직 아머를 정진에게서 받고 나서 무척이나 기뻐하긴 했지만, 아직 그것을 제대로 작동시켜 본 적이 없었다.

시험적으로 써보긴 했지만, 그때는 도끼질과 같이 단순한 동작들을 시험하는 정도였지 지금처럼 달려보지는 못했다.

당연히 그는 이 정도 속도를 낼 수 있게 될 거라곤 생각도 못했다.

"으아악!"

자신이 달리는 속도에 적응을 하지 못한 슈인켈은 비명을 질렀다.

우당탕탕!

순간 달리는 속도에 그만 발이 꼬이고 만 슈인켈은 땅바닥을 구를 수밖에 없었다.

성채 한쪽에 서서 싸이클롭스의 움직임을 살피다 새롭게

나타난 레드 드레이크 때문에 정신이 나가 있던 드워프 경비대장 파이어 해머는 갑자기 나타난 인간과 또 다른 몬스터에 의해 싸이클롭스와 드레이크가 사냥을 당하자, 눈만 깜빡이며 그 모습을 아무런 말없이 지켜보았다.

지금 대체 어떤 말을 해야 할지 그로서는 갈피를 잡을 수가 없었기 때문이다.

정진은 성채에 오르면서 이미 누군가 그곳에 있음을 알고 있었다.

하지만 그를 아는 체 하는 것보다는 대결을 펼치고 있는 두 몬스터를 잡는 것이 더 급한 일이었기에 관심을 두지 않고 두 몬스터에게 집중을 하였다.

그리고 지금 몬스터를 잡은 뒤에도 파이어 해머를 돌아보지 않았는데, 그 이유는 일단 자신이야 이곳을 찾아온 것이지만 그에게 자신은 또 다른 침입자일 수밖에 없기 때문이었다.

더욱이 자신과 함께 나타난 타라칸으로 인해 그가 어떤 생각을 하게 될지는 아직 미지수였다. 그를 안내해 준 슈인 켈을 기다리는 편이 훨씬 안전할 것이다.

다행히 성벽 위에 있던 드워프 파이어 해머는 정진을 향해 아직 별다른 반응을 보이지 않고 있었다.

고개를 끄덕인 정진은 일단 성채 위에서 내려섰다. 임무를 마친 타라칸은 다시 작게 몸집을 변화시켰다.

한편 그제서야 뒤늦게 현장에 도착한 슈인켈은 마을 성채 앞에 쓰러진 드레이크와 싸이클롭스의 시체를 보고 멈칫했다.

하지만 그것도 잠시, 얼른 성채에서 내려온 정진과 함께 성문 쪽으로 향했다.

그때, 슈인켈은 마을 경비대장 파이어 해머가 혼자 성채 위에 있는 것을 보았다.

갑작스러운 상황 전개에 정신이 없던 파이어 해머는 동족이 나타나자, 언제 그랬냐는 듯 정신을 차리고 급히 성채 위에서 고개를 내밀었다.

"슈인켈?"

새로 나타난 동족은 바로 수년 전 인간들에게 도움을 청하러 간 족장과 함께 떠났던 드워프 전사 중 한 명인 슈인켈이었다.

"대장님!"

슈인켈이 반갑게 외쳤다.

파이어 해머는 재빨리 성채를 뛰어 내려가 성문을 열어 그를 맞이했다.

"하하, 대장님은 하나도 안 늙으셨군요."

수년 만에 보는 파이어 해머였지만 슈인켈은 전혀 변하지 않은 파이어 해머의 모습에 반갑게 인사를 하였다.

"어떻게 된 거냐? 노커는?"

파이어 해머는 족장인 노커와 함께 떠났던 슈인켈이 홀로 돌아온 것에 놀라 물었다.

홀로 돌아온 슈인켈에게 물어보고 싶은 것이 많았지만 외부인도 있기에 조심스러운 목소리였다.

"족장님은 아직 할 일이 남아 있어 일단 제가 인간 마법사를 이곳까지 안내해 온 겁니다."

슈인켈은 경비대장 파이어 해머에게 자신이 혼자 돌아온 이유에 대해 설명해 주었다.

"마법사? 마법사가 남아 있었단 말인가?"

파이어 해머는 마법사란 말에 놀라 물었다.

"차원 너머 인간들 사이에도 마법사는 거의 없습니다. 이 인간이 거의 유일한 마법사랍니다."

파이어 해머는 슈인켈의 대답에 고개를 갸웃거렸다.

조금 전 자신이 본 것을 보면 눈앞에 있는 인간 마법사는 엄청난 실력자였다.

그런 마법사가 있다는 건 그 아래로 많은 숫자의 다른 마법사들이 더 있어야 하는 게 상식이다.

그런데 거의 유일한 마법사라고 하니, 뭔가 앞뒤가 맞지 않는 말이었다

"아, 일단 안으로 들어가죠."

슈인켈은 한시라도 빨리 가족들을 보고 싶은 마음에 파이어 해머를 재촉해 마을로 들어갈 것을 종용했다.

"조금 전 흰색의 변종 레피드 타이거가 나타났다. 지금은 사라졌지만 그것이 성채 앞에 있던 싸이클롭스를 물어 죽였는데, 언제 성채를 넘어 마을로 난입할지 모른다."

파이어 해머는 조금 전 싸이클롭스를 죽이고 사라진 그 변종 레피드 타이거의 행방이 못내 불안하였다.

"아, 그거라면 걱정하지 않으셔도 됩니다. 저기 있지 않습니까?"

슈인켈은 파이어 해머가 무엇을 걱정하는지 깨닫고는 얼른 한쪽을 가리켰다.

"응? 어디 있다는 거냐?"

"저기 저 조그만 흰색의 레피드 타이거가 바로 아까 전의 그 레피드 타이겁니다."

"뭐라고?"

파이어 해머는 슈인켈의 말이 쉽게 믿어지지 않았다.

조금 전 그 거대했던 레피드 타이거가 저렇게 작아질 수 있다는 소리는 지금까지 살아오면서 한 번도 들어본 적이 없던 이야기이기 때문이다.

선조로부터 전해지는 이야기 속에서도 그런 이야기는 전

해지지 않았다.

아니, 물론 비슷한 이야기를 들은 것이 있기는 하지만 그건 레피드 타이거가 아니라 지금은 사라진 지고의 종족 드래곤의 이야기였다.

드래곤은 뉴 어스에 존재하는 모든 종족과 생명체로 변신이 가능할 뿐만 아니라 그 크기도 마음대로 변형할 수 있다는 이야기를 들었다.

"그럼, 설마 저 레피드 타이거가 드……."

파이어 해머는 조금 전보다 더 불안한 눈으로 작고 귀엽게 변한 타라칸을 쳐다보았다.

"아, 대장님이 생각하시는 그런 것이 아닙니다. 저 레피드 타이거는 타라칸이라고 하는데, 저기 인간 마법사의 가디언입니다."

"뭐?"

파이어 해머는 조금 전보다 더 깜작 놀라며 소리쳤다.

가디언이라니, 가디언이라면 드래곤의 수족을 말하는 것이 아닌가? 그럼 저 인간 마법사는 대체 뭐란 말인가?

짧은 시간에 오만 생각이 파이어 해머의 머릿속을 스치고 지나갔다.

저런 것을 가디언으로 데리고 있다니, 드레이크를 단숨에 처리하는 것을 보며 대단하다고는 생각했지만 볼수록 범상

치 않은 마법사라고 그는 생각했다.

속으로 생각이 많은 듯한 파이어 해머의 모습을 본 슈인켈은 뒷머리를 긁적였다.

"자자, 대장님. 여기서 이럴 게 아니라 안으로 들어가죠. 차분하게 이야기를 하는 것이 좋겠습니다."

"그, 그래. 인간 마법사, 당신도 들어오시오."

파이어 해머는 얼떨떨한 얼굴로 그들을 안내했다.

한편 슈인켈이 파이어 해머와 이야기를 하고 있을 때, 정진은 잠시 파이어 해머를 주시하다 고개를 돌려 성채 밖에 있는 드레이크와 싸이클롭스의 시체를 쳐다보았다.

"아공간 생성, 입고."

거대한 드레이크와 싸이클롭스의 시체가 검은 공간 속으로 감쪽같이 사라졌다.

해체를 해서 넣는 게 좋겠지만, 몬스터가 더 몰려올 수도 있는 현재 성채 밖에서 해체를 하고 있을 수도 없다.

'나중에 차분히 분류하는 편이 낫겠지.'

정진은 그렇게 생각하며 아공간을 닫았다.

그때, 한쪽에 있던 타라칸은 약간 아쉬운 듯한 눈으로 아공간으로 들어가는 드레이크와 싸이클롭스의 시체를 쳐다보았다.

드레이크와 싸이클롭스가 가진 마정석을 섭취를 한다면

어쩌면 로드급으로 최종 진화를 할 수 있을 것 같았다.

하지만 자신이 가디언인 이상, 마스터인 정진이 허락하지도 않았는데 맘대로 마정석을 취할 수는 없는 노릇이다.

결국 한번 콧김을 내뿜는 것으로 아쉬움을 떨쳐 낸 타라칸은 정진의 뒤를 따라 드워프 마을로 들어갔다.

†　　　　†　　　　†

"와하하하!"

드래곤 산맥의 드워프 마을에서는 오랜만에 호탕한 드워프들의 웃음소리가 울려 퍼지고 있었다.

이곳 드래곤 산맥에 최후의 보금자리를 마련하게 된 이후 지금까지 이렇게 기뻤던 적이 얼마나 있을까. 마을에 살고 있는 모든 드워프가 마을 광장에 모여 왁자지껄 떠들며 파티를 벌이고 있었다.

파티를 벌이는 드워프들의 손에는 커다란 컵이 들려 있었는데, 그 안에는 물이 아닌 술이 들어 있었다.

보통 드워프 하면 맥주를 생각하지만, 이곳에 있는 드워프들은 모두 소설에 나오는 그런 드워프가 아닌 생존을 위해 하루에도 몇 번씩 몬스터와 싸움을 벌여야 하는 이들이다.

술을 한동안 입에 대본 드워프가 오히려 드물 정도였다.

술이란 것에는 발효주와 증류주 이렇게 크게 두 종류가 있는데, 둘 모두 재료가 되는 식량이 있어야 만들 수 있다.

술을 제조한다는 것은 영양 흡수적인 측면으로 생각했을 태 참으로 효율이 좋지 못한 먹을거리다.

고대에는 흉년이 들거나 전쟁이 있을 때면 나라에서 술을 제조하는 것을 금할 정도로 곡식의 소비가 많은 것이 바로 술이다.

드워프들은 오랜 시간 동안 몬스터에게서 생존을 위해 투쟁을 해야 했다. 전투를 지속하면서 드래곤 산맥의 한정된 공간 안에서 살기 위해 식량을 확보하는 일은 무척이나 힘든 일이었다. 언젠가부터 드워프들은 고된 노동을 끝내고 삶을 달랠 수 있는 술이란 것을 제조하지도 않았고, 또 입에 대지 않게 되었다.

술이 있다 하더라도 언제 몬스터들이 쳐들어올지 알 수 없었으니 마실 분위기가 아니었다.

그런데 오늘은 평소와 달랐다. 수년 만에 돌아온 슈인켈과 그와 함께 온 인간으로 인해 드워프 마을에 때 아닌 축제가 벌어진 것이다.

수년 전 족장 안티 드라켄 노커와 함께 인간들에게 도움을 청하러 갔던 슈인켈이 인간 마법사와 함께 돌아왔다는 것을 전 부족원이 다 함께 축하하고 있었다.

소식이 없어 걱정하고 있던 차에 무사히 슈인켈이 돌아온 것만으로도 축하할 일이었지만, 이 위험한 드래곤 산맥까지 단 둘이 들어올 수 있었다는 건 그만큼 슈인켈이 데려온 인간 마법사가 강력하다고도 생각할 수 있었다.

족장인 노커가 왜 아직 인간들의 나라에 머물고 있는지가 의아하기는 했지만 노커를 비롯한 다른 드워프들도 인간의 나라에서 무사히 지내고 있다는 이야기를 들었고, 또 인간들로부터 전승되는 이야기와 다르게 무척이나 대우를 받고 있다는 것에 안심이 되었다.

족장이 보내온 선물들을 정진을 통해 받은 드워프들은 일제히 환호성을 질렀다.

사실 지금 드워프 마을에서 가장 필요한 것은 무기도, 몬스터를 막아낼 방어구도 아니었다.

가장 시급한 것은 바로 식량이었다. 그런데 노커가 엄청난 양의 식량을 보내온 것이다.

드워프 마을에 있는 모든 드워프가 몇 년은 먹을 수 있을 정도의 식량과 함께 앞으로의 일을 생각해 가축까지 보내온 것이다.

거기에 더해 술까지 있었다. 사실 술은 노커가 보낸 것이 아닌 정진이 준비한 것이지만, 아무튼 드워프들은 이제는 굶지 않아도 된다는 생각에 바로 축제를 벌이기로 했다. 각

헌터 프론티어

자 마을 광장에 모여 고기를 굽고 빵을 만드는 등 파티 준비에 열심이었다.

축제에 빠질 수 없는 것이 바로 술이다. 오랜만에 접한 기쁜 소식에 마을 주변을 경계하는 인원들을 제외한 모든 마을 사람들이 한두 잔씩 걸치기 시작했다.

비록 처음 먹어보는 술이지만 뼛속부터 술을 좋아하는 유전자가 있어서인지 드워프들은 전혀 거리낌 없이 술을 마시며 파티를 즐겼다.

"마셔! 마셔!"

노커를 대신해 임시 족장이 되어 드워프 마을을 운영하던 경비대장 파이어 해머는 붉어진 얼굴을 하고서도 연신 슈인켈과 정진에게 술을 권하였다.

"하하, 대장! 맥주가 맛이 아주 좋죠?"

슈인켈은 커다란 주석 잔에 든 맥주를 마시며 파이어 해머에게 말했다.

"그래, 이게 맥주란 말이지? 정말로 맛이 좋구나. 내 평생 이렇게 맛있는 물은 처음이다."

"물이 아니라 술입니다. 술!"

"술? 뭐, 그래! 술! 아무튼 맛도 좋고 기분도 좋아지는 물이야."

술이란 것을 여태 모르고 살았던 파이어 해머는 슈인켈이 말하는 술이란 것이 뭔지 정확하게는 몰랐지만, 기분을 좋게 해주는 것이 무척이나 마음에 들었다.

"그런데 인간 마법사!"

파이어 해머는 맥주를 마시다 말고 정진을 불렀다.

"네, 제게 무언가 궁금하신 것이라도 있습니까?"

정진은 축제를 즐기는 드워프들을 조용히 지켜보다 옆에서 파이어 해머가 자신을 부르자 그를 돌아보았다.

"그게……."

파이어 해머는 말을 하다 말고 정진의 무릎 근처에 엎드려 있는 작고 귀여운 하얀 레피드 타이거를 보며 불안한 눈으로 물었다.

"그게 난동을 부리진 않겠지?"

파이어 해머는 무척이나 불안한 목소리로 물었다.

파이어 해머는 싸이클롭스가 처음 출현했을 때부터 엄청난 크기의 레드 드레이크와 마을 성채 앞에서 대결을 하는 모습까지 모두 성채 위에서 지켜보았다.

그런데 그 무시무시한 두 몬스터도 눈앞에 있는 정진과 새롭게 등장한 새하얀 털을 가진 거대 레피드 타이거에 의해 순식간에 유명을 달리했다.

파이어 해머를 더욱 놀라게 한 장면은 바로 그 뒤에 벌어졌다.

10m가 넘어가는 엄청난 신장의 싸이클롭스의 목덜미를 물어 목뼈를 부러뜨려 버린 레피드 타이거가 한순간 사라지고 아주 작고 귀여운 새끼 레피드 타이거로 변화한 것이다.

파이어 해머는 처음에는 자신이 헛것을 본 것은 아닌가 하는 생각을 했다.

한참을 고민하던 그는 얼마 뒤 현장에 나타난 슈인켈을 만나고 나서야 그들이 드워프 마을을 돕기 위해 온 지원군이라는 것을 알게 되었다.

참으로 놀라운 이야기가 아닐 수 없었다.

드래곤이 아니면서도 가디언을 만들 수 있는 능력을 가진 인간 마법사가 있다니, 파이어 해머로서는 그 능력이 얼마나 대단한 것인지 상상도 가지 않았다.

그저 저 인간 마법사가 드래곤에 비견되는 능력을 가진 존재일 것이란 생각만 들었을 뿐이다.

사실 지금까지 살아오면서 드래곤 역시 단 한 번도 본 적이 없는 그로서는 정진의 능력이 대체 어느 정도인지 가늠이 되지 않았다.

다만 드래곤이 있을 때만 해도 이곳 드래곤 산맥에서 이렇게 무질서한 몬스터가 이루어질 수 없었다고만 알고 있기에, 이곳 드워프 마을의 다른 드워프들처럼 그저 상상만으로 드래곤 산맥에 드래곤들이 다시 나타나 질서를 잡아주었으면 하는 망상을 할 뿐이다.

"나와 함께 온 인간 마법사가 이 일대에 결계를 쳐서 더이상 몬스터가 우리를 위협하지 못하게 만들어줄 것입니다."

슈인켈은 마치 자신이 직접 마법진을 만들어주는 것처럼 으쓱거리며 말을 하였다.

"그렇군."

슈인켈이 열심히 이야기를 떠벌리고 있었지만, 이야기를 듣고 있는 파이어 해머의 관심은 오로지 정진과 그의 가디언이라는 타라칸에게 쏠려 있었다.

무시무시한 드레이크의 목을 단숨에 잘라 버린 마법은 물론이고 싸이클롭스의 목뼈를 단숨에 부숴 버리는 레피드 타이거를 가디언으로 둔 정진의 능력이 어느 정도인지 궁금했다. 그런 엄청난 능력을 가진 그가 마을에 어떤 일을 해줄지도 궁금하고, 한편으로는 설마 그럴 일은 없겠지만 드워프 마을의 경비대장으로서 만약 그런 정진이 난동을 부린다면 대체 어떻게 해야 할 것인지 궁리를 하느라 오랜만에 머리가 터져 나갈 지경이었다.

한편 유일한 이종족으로서 드워프의 축제에 참여한 정진은 동화나 소설에 등장하는 드워프의 축제와는 조금 다른 뭔가 절제된 듯한 드워프들의 축제를 보며 자신의 앞에 놓인 맥주를 마시고 있었다.

'역시 소설과는 좀 다르군.'

파이어 해머와는 다르게 태평하기 짝이 없는 정진이었다.

†   †   †

오크의 공격과 뒤이어 등장한 싸이클롭스 때문에 불안에 떨었던 것도 어제의 일.

아침이 밝자, 술을 진탕 마신 드워프들은 숙취도 없는 개운한 얼굴로 일어나 바쁘게 움직이고 있었다. 모두의 얼굴이 희망에 부풀어 있었다.

"자자, 모두 도면을 확인하고 맡은 곳에 정확하게 이 문양을 새기도록! 조금이라도 오차가 있으면 죽을 줄 알아!"

경비대장이자 임시 족장인 파이어 해머가 마을 광장에 모인 드워프들에게 작업 지시를 내렸다.

오늘부터 마을 둘레에 결계를 치기 위한 작업에 돌입하기로 한 것이다.

어제 벌인 축제로 난생처음 술을 마셔본 드워프들도 수없이 많았지만, 어느 누구도 숙취에 정신을 차리지 못하는 드워프는 없었다.

"드리텐!"

"네."

"넌 군터와 버긴을 데리고 동쪽 성벽을 맡아라."

"알겠습니다."

"하긴스!"

"네."

"타쿤과 함께 남쪽 성벽을 맡아라."

"예, 알겠습니다. 대장."

분대장들에게 작업할 곳을 정해준 파이어 해머는 다시 고개를 돌려 자신을 쳐다보고 있는 슈인켈을 보았다.

"슈인켈, 너는 일단 하긴스와 함께 가서 작업을 도와줘라."

"알겠습니다."

수년 만에 고향에 돌아왔지만 슈인켈은 곧바로 마을에 결계를 치기 위한 마법진을 성벽에 새기는 작업에 투입이 되었다.

그러나 그는 전혀 불만이 없었다.

인간이었다면 작은 불만이라도 나타냈을지 모르지만, 드워프인 슈인켈은 그러지 않았다.

수년간 어렵게 생존해 오면서 공동체 의식이 더욱 강해진 드워프들은 일족의 생존을 위한 일에 팔을 걷어붙이는 것을 마다하지 않았다. 순식간에 작업 분배가 끝나자, 드워프들

은 하나씩 도면과 각자 맡은 부분에 새길 마법진의 설계도
를 나누어 들었다.

"그럼 작업장으로 출발!"

"와!"

임시 족장이자 경비대장인 파이어 해머의 지시에 드워프
들은 자신이 맡은 성벽이 있는 곳으로 달려가며 함성을 질
렀다. 이것으로 마을이 안전해질 수 있다는 게 더없이 기뻤
다.

Chapter 4
정보 조직들의 움직임

　홍콩.

　한때 이곳은 영국의 통치를 받아 세계 금융의 중심이기도 했고, 1997년 영국이 중국에 홍콩을 반환하면서 많은 자본이 외부로 빠져나가 위기론이 대두되기도 했다.

　2000년 게이트 사태 이후 홍콩에도 많은 변화가 있었다.

　게이트 사태로 인해 뉴욕이나 런던의 금융시장이 위기에 처했을 때, 비교적 안전한 홍콩이 다시금 세계 금융의 중심으로 떠오르게 된 것이다.

　게이트가 발생한 런던이나 뉴욕을 대신한 금융 허브가 필요했던 각국의 경제인들은 다시 홍콩을 찾게 되었다. 화폐 가치가 급변하고 투자자들은 대거 이동했다.

현재에는 전 세계에서 가장 많은 정보 조직들이 홍콩을 예의 주시하기에 이르렀다.

이곳의 정책이 어떻게 변화하는가에 따라 자국 경제에 미치는 영향이 크기 때문에 어쩔 도리가 없었다.

전 세계에 경제적 위상을 떨치게 된 홍콩은 최근 중국으로부터 독립권을 획득하였다.

처음 홍콩의 독립 요구에 중국 정부는 홍콩 공무원들의 행동에 제동을 걸며 탄압을 하려고 하였다.

하지만 영국의 지배를 받으며 구를 대로 구른 홍콩의 공무원들은 곧바로 세계 정부에 구원 요청을 하였다. 게이트에서 나온 몬스터로 인해 금융 시스템이 붕괴된 미국과 영국은 물론이고 이곳에 많은 나라들이 들고 일어났다.

혹시나 중국이 이제는 경제의 중심이 된 홍콩을 이용해 자신들을 흔들지나 않을까 하는 우려에서였다.

미국을 비롯한 강대국들은 일제히 홍콩의 독립 요구를 받아들이지 않는 중국 정부를 국제적으로 탄압하며 맹비난하기 시작했다.

어쩔 수 없이 세계 각국의 압력에 중국 정부는 굴복할 수밖에 없었고, 홍콩은 영국에서 중국으로 반환된 지 채 5년

헌터 프론티어

도 되기 전에 홍콩 특별지구로 분류되며 중국 정부의 영향력에서 벗어나게 되었다.

그 뒤로 홍콩에는 각국의 정보 조직들이 더욱 몰려들었다.

혹시나 중국 정부가 물밑으로 다시 홍콩을 자신들의 영향력 아래 두려고 할지 모른다는 생각에 각국 정부에서 촉각을 곤두세우고 있었던 것이다.

중국 역시 자국 내에 정부의 힘이 미치지 못하는 특별지구가 있다는 것에 신경이 쓰여 홍콩을 감시하기 위한 정보 조직을 파견해 놓고 있었다.

이렇게 각국의 정보 조직이 난립하고 있는 만큼 홍콩은 정보가 쏟아지는 곳이기도 했다. 각 정부의 정보기관뿐만 아니라 민간 정보 조직들도 홍콩에 대거 몰려들었다.

홍콩에는 아시아권에서 가장 큰 정보 조직인 동시에 세계에서도 3대 조직으로 이름을 떨치고 있는 블루 뱀브의 본사가 자리하고 있기도 했다.

사실 블루 뱀브는 그 기원이 송나라 때로 거슬러 올라가는 상상 이상으로 오래된 조직이기도 했다.

시대가 변하면서 수시로 조직의 이름이 바뀌었기에 그 기원을 정확히 아는 사람이 드물 뿐이었다.

블루 뱀브는 대형 정보 조직으로서 대대로 정치권과 엮이며 위정자들의 의도에 의해 움직여 왔다. 그들의 통치에 도움을 주는 역할을 하고, 약점을 쥐어 그들을 흔들기도 했다.

정치가들과 돈독한 관계를 유지하다가도 탄압당하거나, 잠적하기도 하고, 때로는 역으로 그들을 제거하기도 하면서 아시아권, 특히 중국의 역사를 함께해 왔다고 해도 과언이 아니다.

끈질긴 생존력과 오랜 역사를 자랑하는 블루 뱀브는 상상을 뛰어넘는 생존 방법을 가지고 있었다. 사회가 정보에 예민해진 지금은 권력자들이라 해도 감히 그들은 손대려는 이들은 없었다.

오히려 자신들의 정보가 정적들의 손에 넘어가지 않도록 하기 위해 블루 뱀브에 로비를 하는 것이 일반화되어 있었다.

홍콩 블루 뱀브의 본사 꼭대기 사무실, 블루 뱀브의 부사장인 장하림이 굳은 표정으로 누군가에게 보고를 하고 있었다.

"그가 사라졌다는 것이 사실입니까?"

마치 은쟁반에 옥구슬이 흘러가듯 듣기 좋은 아름다운 목소리였지만, 그 목소리를 듣는 장하림에게는 천 길 낭떠러지에서 외줄 타기를 하는 것만큼이나 살벌하고 긴장이 되는 목소리였다.

"그렇습니다. 그는 저희가 준 정보를 확인하기 위해 하인켈 사가 있는 독일의 슈투트가르트에 들렀다 잠시 한국으로 복귀를 했는데, 다시 며칠 뒤 독일로 떠났고 그 뒤로 행방이 묘연합니다."

장하림은 긴장을 하며 자신이 알고 있는 정보를 그대로 여인에게 알렸다.

블루 뱀브의 부사장인 장하림과 이야기를 하고 있는 사람은 바로 블루 뱀브의 사장이자, 홍콩은 물론이고 중국 남부와 동남아시아 지역의 암흑가 전체를 지배하는 죽련의 보스이기도 한 송가연이었다.

죽련은 이제는 소설이나 전설처럼 취급되는 동양 판타지에 등장하는 비밀 조직이 출발점이다.

한때 중국의 거대 폭력 조직 연합체인 삼합회에 밀리기도 했지만, 정보가 힘이라는 것을 오래전부터 알고 있던 수뇌부의 기발한 작전으로 지금에는 자신들을 위협하던 삼합회를 발밑에 두고 있기도 했다.

만약 그곳의 총수인 송가연을 겉으로 보이는 모습대로 판단한다면, 큰코다치는 정도가 아니라 스스로와 주변인들의 생명에 큰 위기를 초래하게 된다.

"어떻게 그럴 수가 있죠?"

차분한 목소리였지만 그 말에는 많은 의미가 담겨 있었다.

세계 3대 정보 조직으로 불리는 자신들이 중요한 목표를 놓쳤다는 것은 쉽게 설명할 수 없는 일이었다. 혹시나 다른 경쟁 조직에서 연막을 친 것은 아니냐는 물음이었다.

아무리 블루 뱀브가 오랜 역사를 가지고 있고, 정보 조직으로서 오랜 노하우를 갖고 있다 해도 이들과 비견되는 조직이 아주 없는 것이 아니다.

고대 로마 시대부터 세계 경제를 좌지우지하던 로스차일드 가문의 정보 조직인 문 차일드나, 비록 역사는 깊지 않지만 석유왕 록펠러가 세운 록펠러 가문의 정보 조직이 그것이었다.

이들은 자신들의 부를 축적하기 위해, 또는 경쟁자들로부터 자신들을 보호하기 위해 정보 조직을 운용하기 시작한 케이스였다. 지금에 이르러서는 그 천문학적인 자본을 바탕으로 엄청난 정보 조직을 꾸리고 있었다.

그 규모는 초강대국 미국의 CIA를 능가할 정도로 엄청났다. 일반적인 이들은 그 존재조차 거의 알지 못할 정도로 비밀스러웠지만, 그들이 다루는 정보의 범위는 상상을 초월했다.

이들 3대 조직 이외에 10대 조직 안에 들어가는 다른 정보 조직들도 정보 조작을 통해 자신들의 눈을 잠시 동안 가릴 수 있는 역량을 가지고 있다. 다른 정보 조직에서 무언가 수작을 부린 것이라면 더 민감할 수밖에 없는 사안이었다.

"혹시 문 차일드나 록펠러가 연관이 되었나요?"

송가연이 조심스럽게 장하림을 보며 물었다.

"그건 아닌 것 같습니다. 어떤 흔적도 드러난 것이 없습니다."

장하림은 로스차일드 가문의 정보 조직인 문 차일드나 록펠러 가문의 이들이 아시아인들을 어떻게 생각하고 있는지 잘 알고 있기에 절대 그럴 일은 없을 것이라 단언했다.

엄청난 자본을 가지고 있음에도 문 차일드나 록펠러 가문의 정보 조직이 세계 1위 정보 조직의 자리를 차지하지 못하고 있는 데는 이유가 있었다.

세계 굴지의 가문에서 탄생한 정보 조직이라는 우월감에서 비롯된 것인지는 모르나, 그들에게는 묘하게 인종차별주의적인 인식이 깔려 있었다.

정보를 객관적으로 바라보지 못하면 올바르게 해석할 수 없다.

정보 조직으로서 이것은 좌시할 수 없는 단점이었다.

만약 그들이 아시아인인 정진의 정보를 차단하려 했다면 그를 무시하고 과격한 수를 사용했을 공산이 크다. 그랬다고 하면 분명 충돌이 발생했을 것이고, 흔적이 남을 수밖에 없다.

아무리 문 차일드나 록펠러가 자신들과 비견되는 조직이라고 하지만 그런 소란을 일으키고도 흔적조차 남기지 않을 수 있다면 진작에 3대 조직이 아니라 2대 조직이라고 불렸을 것이다.

자신들이 파악한 정진은 결코 누가 강제한다고 당할 인물이 아니다.

지난 몬스터 웨이브 당시 수백, 수천의 몬스터를 한 번에 멸절시켜 버린 일은 아직도 각 정보 조직에서도 논란이 일고 있다.

장하림은 그 정보를 100% 신뢰하고 있었다.

한국에서 벌어진 몬스터 웨이브 당시 블루 뱀브의 조직원도 상당수 그 현장에 있었다.

인간을 상대로 한 전쟁은 아니지만 몬스터 웨이브의 향방은 정보를 사고파는 정보 조직으로서는 엄청난 돈벌이 중 하나다.

당연히 조직원을 파견해 결과를 한시라도 빠르게 알아내고, 상황을 조작하기도 한다.

유럽이나 미주 대륙 쪽에서는 경쟁 조직인 문 차일드나 록펠러로 인해 모든 역량을 발휘할 수는 없지만, 아시아 지역에서만큼은 그들보다 앞선 정보 능력을 발휘하는 곳이 바로 자신들이다.

블루 뱀브는 정진과 아케인 클랜에 관한 정보를 최대한 감추고, 감출 수 없을 때는 가능한 별것 아닌 정보처럼 조작하고 있었다.

이는 자신을 드러내지 않으려 하는 정진의 행보나 그에 대한 정보를 감추려는 한국 정부, 그리고 한국의 헌터 협회의 정책과 맞물려 더 큰 효과를 발휘했다.

웬만한 정보 조직이라면 정진과 아케인 클랜에 관한 정보를 알고 있겠지만, 자신들만큼 자세히 알고 있는 곳은 없을 것이라 단언할 수 있었다.

"비록 유럽에서 저희가 100% 능력을 발휘하기 힘들다고 하지만 지금까지 조사했음에도 아무런 흔적이 나오지 않았다는 것은 그가 자발적으로 행방을 감췄다고 하는 것이 맞을 것 같습니다."

장하림은 그렇게 자신의 생각을 어필했다.

그런 장하림의 대답을 들은 송가연은 잠시 생각에 잠겼다.

그녀 또한 정진의 능력을 높이 평가하고 있었다.

그렇기 때문에 부사장인 장하림을 한국으로 보내 정진과 접촉을 하게 만들었던 것이다.

"그렇게 생각하는 근거라도 있나요?"

조금 전보다는 부드러워진 어투로 물어오는 송가연의 질문에 장하림은 조금 안심이 되었다.

자신의 설명에 사장인 송가연이 수긍을 했다는 것을 느낀 것이다.

"수년 전 그는 당시 최강의 대몬스터 병기인 아머드 기어 네 기와 격돌을 하고도 모두 잡아들였습니다. 당시 무슨 이유에서인지 사건을 숨기기는 했지만 말입니다. 노태 그룹의 삼남인 노인태의 의뢰를 받은 다크 헌터는 물론이고, 노태 클랜 소속 헌터들 일부까지 그 일에 동원이 되었지만 그들을 모두 처리하였지요. 일반인이었다가 어떤 계기로 그런 능력을 얻었는지는 모르겠지만, 활동 초기에도 정정진은 그 정도 능력을 보일 수 있었습니다."

장하림은 말을 하다 말고 입이 바짝 말라 말하는 것이 불편해지자 잠시 말을 멈추었다가, 다시 말을 이었다.

"또한 정정진은 클랜에 소속된 헌터들에게 자신이 만든 아티팩트들을 지급하면서도, 정작 스스로는 아무런 아티팩트도 없이 단독으로 헌팅을 합니다. 그 말은 그런 것이 없더라도 충분히 몬스터를 잡을 능력이 있다는 것이겠죠. 실제로 제4차 몬스터 웨이브 당시 한국의 쉘터를 지키기 위해 그가 마법이라 불리는 초능력을 사용했다는 보고를 드렸던 걸로 기억합니다."

송가연이 고개를 끄덕였다.

"결론적으로 그가 자발적으로 협조를 하지 않은 이상 그를 강제할 사람이나 조직은 이 세상 어디에도 없다는 겁니다. 그건 문 차일드나 록펠러라고 해도 마찬가지입니다. 그랬기에 사장님께서도 저를 한국으로 보내 그와 협상을 하려고 하셨던 것이구요."

송가연은 빙그레 미소를 지으며 말을 하였다.

"제 생각도 부사장과 같아요. 누가 그를 강제할 수 있겠어요. 그런 사람을……."

송가연은 뭔가를 생각하더니 자신도 모르게 몸을 부르르 떨었다.

제4차 몬스터 웨이브 당시, 그녀는 블루 뱀브의 특급 요원을 뉴 서울 방어전에 침투시켰다.

살며시 뉴 서울에 침투한 블루 뱀브의 요원은 게이트가 두 곳이나 있는 대한민국에서 정부와 헌터 협회, 그리고 아케인 클랜의 움직임을 주시하며 정보 조사를 실시했다.

여전히 아케인 클랜은 서울에 거점을 두고 있다. 그들은 당연히 아케인 클랜이 뉴 서울 방어전에 참여할 것이라 예측하고 요원을 파견했다.

주로 정보 수집과 조작에 관련된 훈련을 받았지만 어느 정도 헌터로서의 능력도 가지고 있는 요원은 손쉽게 방어전에 참여하는 일반 헌터로 잠입하였다.

세간의 눈길이 몬스터 웨이브와 그것을 막아내는 데 큰 공헌을 한 정진에게 쏠려 있다 보니 정보 수집을 하기도 용이했다.

요원에게 블루 뱀브 내에서도 몇 없는 영상을 촬영할 수 있는 아티팩트를 지급한 것이 신의 한 수였다.

정진이 활약하는 장면을 영상으로 남기는 데 성공한 것이다.

흠 잡을 데 없이 깔끔하게 촬영된 영상에는 정진이 몬스터들을 향해 마법을 사용하는 장면이 담겨 있었다.

이는 블루 뱀브 내에서도 말이 많았던 정진에 대한 의문을 말끔하게 씻어주었다.

새바람이 불었다. 블루 뱀브는 이 영상 하나를 토대로 긴 가민가하고 있는 다른 정보 조직들에 비해 한발 더 정진의 진실에 다가가게 된 것이다.

기록이 발생했다는 것은 생각 이상으로 엄청난 일이었다.

헌터 프론티어

못내 아쉬웠지만 그들만이 알고 있을 수밖에 없었다. 만약 자신들이 확보한 영상이 외부에 알려지기라도 한다면 국제 정세가 크게 요동칠 수도 있기 때문이다.

생각 같아서는 이 엄청난 정보를 이용하여 엄청난 이익을 내고도 싶었지만, 그러지 않았다.

긴 안목으로 바라보고 대한민국과 아케인 클랜에 협조하여 더 큰 발전을 꾀하기로 한 것이다.

멍하니 정보의 흐름을 바라보고 있기보다는 그 안에 뛰어들자는 결정. 정보 조직으로서 위험한 시도일 수도 있었지만 그럼에도 그들은 과감하게 정진에게 접근하는 것을 택했다.

청하고 또 청한 끝에 정진과의 만남을 이루어낼 수 있었다. 그리고 그 선택이 옳았음을 깨닫게 되는 데는 그리 오래 걸리지 않았다.

이전부터 노리고 있던 타이탄에 대한 정보는 알아낼 수 없었지만, 정진과의 접점을 만드는 데 성공한 것만으로도 소기의 성과를 거두었다고 할 수 있었다.

한국의 헌터들이 요 근래 상당히 전력이 높아졌다는 것은 이미 다른 조직들도 다 알고 있을 사실이다.

하지만 그들은 더 나아가 아케인 클랜 헌터들에 대해서 알아낼 수 있었다.

그동안의 정보에 의하면 한국에서는 고대 무술이 거의 단절이 되거나 왜곡되어 더 이상 찾아보기 힘들다고 알려져 있다.

하지만 아티팩트에 찍힌 영상은 달랐다.

간간이 상급 헌터들로 보이는 이들, 대부분 아케인 클랜의 헌터들이 검기나 도기를 발현하는 모습이 심심찮게 발견되었던 것이다. 원거리 무기인 활에 기를 두를 수 있는 자들까지 보였다.

무엇보다 압권이었던 장면은 따로 있었다.

성벽 위에서 정진이 완드를 든 채 뭐라고 중얼거리니 성벽 앞에 몰려들었던 몬스터들의 머리 위로 엄청난 폭풍이 불어닥친 것이다. 그로 인해 몰려들었던 몬스터들이 모조리 얼어붙었다.

보기만 해도 오싹한 한기가 느껴지는 폭풍이 만들어낸 광경에 송가연은 할 말을 잃었다.

이를 함께 보고 있던 블루 뱀브의 간부들도 모두 마찬가지였다.

이런 엄청난 정보에 대해 지금까지 알아낸 것이 없었다는 것에 그들은 한동안 공황 상태에 빠지기까지 했다.

아케인 클랜에서 미국에 이어 두 번째로 타이탄을 개발했다고 했을 때, 그들은 그리 놀라지도 않았다.

이미 그들은 타이탄이 아무리 강해도 아케인 클랜의 수장인 정진 한 명만 못하단 결론을 내린 상태였기 때문이다.

　그도 그럴 것이 혼자서 손 한 번 휘둘러 몇 백이나 되는 몬스터들을 얼려 버릴 수 있는 사람과 겨우 중(重)형 몬스터 몇 마리 잡을 수 있는 타이탄을 어떻게 비교할 수 있겠는가?

　부사장인 장하림의 말처럼 그가 협조를 하지 않았다면 아무도 그를 강제할 수 없다.

　아티팩트로 촬영한 영상 속 장면을 다시 떠올린 송가연이 천천히 고개를 끄덕였다.

　　　　✝　　　　✝　　　　✝

　로스차일드, 그 이름을 거론하면 가장 먼저 떠오르는 것은 바로 세계 그림자 정부 내지는 음모론일 것이다.

　실제로 로스차일드 가문에 관한 음모론 중 상당수는 사실로 드러났지만 어느 누구도 그것을 공개적으로 언급을 하지는 않는다.

　그것을 공론화한 사람 중 아직까지 무사한 사람은 아무도 없었기 때문이다.

그가 누구든지, 어떤 직위에 있던 사람이든지 말이다.

세계 유수의 정보 조직들은 그들을 문 차일드라 불렀다.

밤을 밝히는 달처럼 어둠 속에서 로스차일드 가문이 나가는 길을 밝힌다는 뜻으로 문 차일드라 명명된 그들은 비밀이 많은 로스차일드 가문에 관한 어떤 정보도 외부에 흘러나가지 못하도록 차단을 하는 동시에, 경쟁자들의 정보를 빼내 로스차일드 가문을 발전시키기 위해 존재했다.

문 차일드의 정보력은 전 세계에 펼쳐져 있지만, 특히나 유럽에서는 거의 절대적이라고 해도 과언이 아니었다.

그런데 그런 문 차일드의 위상이 흔들리는 일이 벌어졌다.

아티팩트 제조자 또는 포션 제조자로 알려진 동양의 작은 나라에 존재하는 헌터 클랜의 수장이 자신들의 본거지인 유럽에 들어왔는데, 그 행적을 놓쳐 버린 것이다.

이 때문에 문 차일드의 간부들은 물론이고 문 차일드의 수장인 슈티켈 그로스 로스차일드까지 로스차일드 가문의 수장인 빈센트 반 로스차일드에게 불려왔다.

"슈티켈!"

"예."

문 차일드의 수장인 슈티켈 그로스 로스차일드는 나지막

한 목소리의 빈센트 반 로스차일드의 목소리에 긴장을 하며 대답을 했다.

개인적으로야 할아버지이기는 하지만, 그가 결코 개인적으로 부른 것이 아니란 것을 잘 알기 때문이었다.

로스차일드 가문은 아무리 친족이라도 함부로 가문 내 직위를 허용하지 않는다.

철저히 지닌바 능력을 기준으로 모든 직위가 주어졌다.

그것이 다른 유럽 유수의 가문들이 세월의 흐름 속에 흥망성세를 겪을 때, 이들이 은막 뒤에서 성세를 거듭한 이유 중 하나였다.

로스차일드 가문에 역사의 뒤안길로 사라질 위기가 없던 것은 아니었다.

로마 제국이 동서로 분열될 때, 유럽 전역에 기독교가 퍼졌을 때, 신교와 구교가 전쟁을 벌였을 때.

하지만 로스차일드 가문은 그 모든 위기를 극복했다.

물론 위기를 극복하는 과정에서 상당한 전력의 이탈도 있었고, 예전보다 성세가 많이 깎이기도 했다.

하지만 끝끝내 생존한 로스차일드 가문은 정적들이 자신들을 어떻게 궁지로 몰았는지, 어떤 조직들이 자신들을 적대하는지 기억했다.

로스차일드 가문은 점점 괴물이 되었고, 이제는 더 이상 자신들을 위협하는 조직이나 단체를 찾아보기 어려울 정도로 거대해졌다.

물론 그런 로스차일드 가문에 비견되는 조직이나 단체가 아주 없는 것은 아니다.

로스차일드 가문은 오랜 역사 속에서 권력자들이 자신의 권력을 유지하기 위해 행했던 방법을 정적들에게 여지없이 사용하였다.

자신들에게 위협이 될 것 같은 조직이나 단체는 더 이상 크지 못하게 방해를 했고, 방해에도 불구하고 이를 극복할 것 같으면 손을 내밀어 자신의 편으로 끌어들였다.

물론 영원한 동맹은 없었다.

더 이상 자신과 같은 존재를 만들지 않으려 하는 권력자들처럼 로스차일드는 동맹을 맺는 동시에 그들을 암암리에 약화시킨 뒤 흡수하였다.

이것이 얼마나 은밀한지, 당하는 상대는 어떻게 당했는지도 모르고 로스차일드에 흡수되었다.

로스차일드 가문이 능력을 중요시하게 된 데에는 이런 배경이 숨어 있었다.

능력이 없다면 직계라도 가문의 일에 손도 대지 못하고 쫓겨났으며, 방계라도 능력만 있다면 가문의 수장으로 오를 수 있었다.

만약 이번 실수를 할아버지이자 가문의 수장인 그가 중대하다고 판단한다면 자신의 직위가 위태로워질 수 있었다.

후계자 후보 중 한 명인 그는 벌써 두 차례의 실수를 저질렀다.

한 번은 드워프에 대한 정보에 대해 비밀을 유지하지 못한 것, 그리고 미국이 개발하는 타이탄에 대한 정보를 너무 늦게 파악을 했던 것이었다.

그런데 또 다른 실책이 할아버지의 귀에 들어가고 만 것이다.

자신의 앞마당이나 마찬가지인 독일에서 포션의 제조자로 알려진 정진의 행방을 놓쳐 버리고 말았다.

치명적인 실수였다.

갑자기 무슨 바람이 불었는지 한국에서 비행기를 탄 정진은 하인켈 사로 향하더니 드워프와 접촉하였다.

명장을 넘어 신장이라 불리는 드워프와 아티팩트 제작자인 정진이 만났다는 것은 굳이 복잡하게 생각해 보지 않아도 많은 의미가 있는 일이었다.

문 차일드에서는 정진이 독일로 들어온 뒤로 계속해서 그 뒤를 추적했다.

그런데 베를린 게이트를 통해 뉴 어스로 넘어간 이후로

행방이 묘연해진 것이다.

유럽에 나타난 게이트는 유럽 연합에서 공동으로 관리를 하고 있고, 그 뒤에는 바로 로스차일드 가문이 있다.

그런데 베를린 게이트를 통과하고 바로 쉘터를 나간 뒤로 하늘로 솟았는지 아니면 땅으로 꺼졌는지 해방이 묘연해진 것이다.

최근 들어온 정보에 의하면 한국에서 개발된 타이탄이 미국에서 개발한 타이탄보다 성능이 우수한 것으로 파악이 되었다.

사실 그들은 이런 정보를 취득하자마자 자신의 앞마당에 나타난 정진을 납치하여 타이탄의 제조에 관한 정보를 빼내려 하였다.

그런 일을 하기에 뉴 어스는 최적의 환경이나 다름없었기에, 정진이 베를린 게이트를 통과한다고 하자 쌍수를 들고 환영하며 준비하고 있었던 것이다.

그렇지만 그런 시도는 정진이 뉴 어스에 진입하자마자 사라지면서 수포로 돌아갔다.

슈티켈은 이미 정진을 납치하기 위해 많은 예산을 투입하는 것은 물론, 문 차일드의 절반이 넘는 인원을 정진의 납치 작전에 투입하기 위해 대기시키고 있었다.

그런데 결과적으로 시도도 해보기도 전에 실패로 끝나고

만 것이다.

정보 조직이 타깃의 행방을 놓쳤으니, 말할 필요도 없는 명백한 실수였다. 이 때문에 막대한 예산과 인력을 투입하고도 임무에 실패한 슈티켈의 능력에 대한 회의론이 가문 내에 돌기 시작했다.

이렇게 여론이 형성되기 시작했으니 빈센트 반 로스차일드라도 보아 넘길 수 없었다.

"네가 문 차일드의 수장이 된 것이 얼마나 되었지?"

느닷없는 할아버지의 질문에 슈티켈은 더욱 긴장을 하였다.

지금 상황에서 나올 만한 이야기가 아니기 때문이다.

아니나 다를까, 할아버지인 빈센트의 입에서 나온 말은 그에게 사형 선고나 마찬가지인 말이었다.

"그동안 고생했다. 핀란드로 가거라!"

"가주님!"

청천벽력과 같은 말에 슈티켈이 입을 떡 벌렸다.

"다른 말 말아라. 너도 그동안 네가 어떤 실수를 했는지 잘 알 것이다. 네가 내 친손자였기에 가문의 어른들이 많은 기회를 주었음도 잘 알고 있겠지. 네가 그동안 열심히 한 건 안다. 하지만 더 이상 네게 기회를 주는 것은 다른 후보들과 형평성에서 문제가 될 수 있다."

로스차일드 가문의 수장인 빈센트 반 로스차일드는 자신의 친손자에게 가문의 후계자 후보 자리를 내려놓고 물러나라고 하고 있었다.

"알겠습니다. 그런데 제 후임으로 누가 오는 것입니까?"

슈티켈은 이를 악물며 말했다.

하지만 언제나 악운은 혼자 오지 않는다고 했던가.

그의 할아버지에게서 들려온 답변은 그의 기분을 더욱 나락으로 떨어트렸다.

"네 후임으로는 테트라가 올 것이다. 그러니 안심하고 떠나거라."

빈센트는 아무런 감정이 실리지 않은 목소리로 말했다.

혹시나 자신과 악연이 있는 테트라 드 로스차일드가 오는 것은 아닌가 하는 우려가 정확히 들어맞자, 슈티켈은 더욱 좌절했다.

"그만 나가 보거라."

"알겠습니다. 안녕히 계십시오."

뭔가 할 말이 남아 있었지만 할아버지의 나가보라는 말에 슈티켈은 더 이상 말을 하지 못하고 자리에서 물러났다.

쿵.

문이 닫히고, 집무실이 조용해졌다.

슈티켈 드 로스차일드가 나가고 얼마 지나지 않아 노크 소리가 들렸다.

똑똑.

"들어와!"

끼익!

문이 열리는 마찰음이 들리고 누군가 들어와 그에게 인사를 하였다.

감색 정장을 입은 그는 180㎝가 넘어가는 거구의 사내였다. 조금 전 방을 나간 슈티켈이 곱상하게 생긴 문사였다면, 지금 들어온 사내는 전체적으로 뚜렷한 이목구비나 각진 턱선, 그리고 굳게 닫힌 입술이 마치 잘 숙련된 전사처럼 보였다.

실제로도 그는 유럽 연합에 소속된 3급 헌터로서, 로스차일드 가문에서 운용하는 헌터 클랜인 실버 울프의 수장이기도 했다.

사내는 방으로 들어오자마자 빈센트를 보며 고개를 숙였다.

"부르셨습니까?"

"잘 왔다, 테트라."

빈센트는 조금 전 친손자인 슈티켈에게 보였던 것과는 다르게 뭔가 기대를 하는 듯, 아니면 뭔가 흥분한 듯 상기된 목소리로 테트라 드 로스차일드를 맞았다.

하지만 그런 빈센트의 반응과는 다르게 테트라의 표정에는 아무런 변화가 없었다.

"내가 널 부른 이유는 다른 게 아니다. 슈티켈이 건강상의 이유로 자리를 내놓았다."

가주인 빈센트의 말이 이어지면서 반응이 없던 테트라가 눈썹을 꿈틀거렸다.

하지만 그것을 아는지 모르는지 빈센트는 계속해서 이야기를 이어갔다.

"수장 회의에서 슈티켈의 후임이 될 사람을 너로 하기로 의견이 모였다. 네 생각은 어떠냐?"

빈센트는 말을 마치고 자신의 앞에 앉아 있는 테트라를 쳐다보았다.

그런 빈센트의 말에 테트라는 낮은 목소리로 대답을 하였다.

"제가 문 차일드의 수장을 맡게 되면 슈티켈은 어떻게 되는 것입니까?"

슈티켈은 그동안 몇 번의 실수를 하기는 했지만 아주 능력이 없는 인물은 아니다.

더욱이 그는 바로 눈앞에 앉아 있는 로스차일드 가문의

가주인 빈센트 반 로스차일드의 친손자다.

비록 유력 후보의 상징과도 같은 문 차일드의 수장 자리에서 물러나기는 했지만, 나중에 일이 어떻게 될지 아무도 모르는 일이었다.

그 때문에 테트라는 혹시나 이번 소문이 잠잠해지면 다시 그가 돌아올지도 모른다는 생각에 질문을 한 것이다.

"더 이상 그는 가문의 일에 나서지 않을 것이다."

빈센트는 마치 판사가 선고를 하듯 대답을 했다.

그런 빈센트의 말이 떨어지기 무섭게 테프라의 얼굴은 말할 수 없는 기쁨의 표정이 여실히 드러났다.

그동안 자신의 감정을 숨겨왔던 것이 무색한 모습이었다. 그것이 슈티켈의 친 할아버지인 빈센트의 앞에서.

방금 전 빈센트의 대답은 더 이상 슈티켈이 로스차일드 가문의 가주 후보가 아니라는 말과도 같았기 때문이다.

비록 로스차일드라는 성을 쓰고 가문 소속 회사를 운영하겠지만, 그의 한계는 거기까지다.

한번 후보 자격을 상실하면 더 이상 가문의 일에 나설 수 없게 되는 것이 로스차일드 가문의 가법이었다.

그것은 가주 후보로 있는 모든 사람들이 사라진다고 해도 변하지 않는 절대적인 법칙이다.

만약 현 세대의 가주 후보들이 모두 탈락을 하게 된다면 그다음 세대에서 다시 새로운 가주 후보를 선정하고 양성을 한다.

이는 최고의 인재만이 가문을 이을 수 있다는 법칙 때문이다.

로스차일드 가문이 최고의 전성기를 맞고 있을 시절, 가주 후보자들 간의 전쟁으로 내분이 발생하면서 절대 권력을 휘두르던 로스차일드 가문은 하마터면 유럽의 패권을 다른 가문들에게 빼앗길 뻔하였다.

후보에서 탈락한 자가 하필이면 가주의 직계였던 것이 문제의 발단이었다.

슈티켈처럼 후보 자리에서 물러나게 된 자식을 두고 보지 못한 가주가 몰래 다른 후보들이 실패하도록 하기 위한 공작을 펼친 것이다.

뒤늦게 이러한 가주의 불공정한 행위를 알게 된 장로들과 후보들의 가문에서 가주의 불공정한 행위를 성토하며 그를 가주의 자리에서 끌어내리려 반기를 들며 내전이 벌어졌다.

여러 후보자와 그를 지지하는 가문들이 연합을 했다고 하지만, 당시 유럽에서 가장 강성한 힘을 가지고 있던 로스차일드 가문의 수장에게는 그 힘이 미치지 못했다.

그러자 후보자들과 그를 지지하는 방계 가문들이 본격적

으로 반기를 들고 로스차일드 가문의 자리를 호시탐탐 노리는 다른 유력 가문들을 내전에 끌어들였다.

이로 인해 유럽에는 기나긴 암흑기가 도래하였고, 그 과정에서 이민족의 침입을 받아 여러 나라들이 멸망을 하기도 했다.

내전이 종식되고 새롭게 로스차일드 가문의 수장이 된 이는 가주로 선출이 된 뒤 가장 먼저 이 법칙을 만들었다.

이전에는 후보에서 탈락한 이가 다른 후보들을 자신이 가진 힘으로 제거를 하거나, 남은 후보가 없게 되었을 때는 다시 후계자로 돌아올 수도 있었다.

새로운 후보를 교육시키기 위한 공백이 생기는 것을 방지하기 위한 것이었는데, 내전을 겪고 나선 한번 후보의 자리를 잃은 자가 임의로 다른 후보자를 암살하거나 후보에서 탈락시키는 공작을 통해 다시 제자리로 돌아오는 편법을 쓰지 못하도록 정해졌다.

그 뒤로도 여러 번 이런 시도가 있었고, 점차 법칙이 강화되면서 가주라 할지라도 예전처럼 절대적인 무소불위의 권력을 사용할 수 없게 되었다.

만약 그런 시도가 있다면 가주로서의 자격을 잃는 것은 물론이고, 은퇴 후에도 가문의 보호를 받지 못하게 되면서

로스차일드 가문의 수장으로서 누리던 모든 것을 잃게 된다.

그렇기에 빈센트도 후보에서 탈락한 친손자보다는 후계자 자리에 가장 가까운 테트라를 더욱 반기는 것이었다.

자신이 은퇴한 후 자신의 뒤를 책임질 사람이 바로 그이기 때문이다.

물론 테트라가 온전히 후계자로서 자리를 잡는다고 해도 가주가 되려면 아직 멀었지만, 테트라가 지금까지 보인 능력을 생각하면 10년 내에 후계자로 확정이 될 것이다. 그렇게 되면 이변이 없는 한 차기 가주가 될 것이 분명했다.

물론 후계자가 된다고 해서 모든 시험이 끝나는 것은 아니다.

후계자로 선정이 되면 그 뒤부터는 실질적으로 가주가 될 수업을 받게 되는데, 이 기간에 받는 교육이 후계자로 자리를 잡는 것보다 더욱 힘들었다.

로스차일드에선 차기 가문의 운영에 지장을 초래하지 않기 위해 후계자를 지정한 뒤에는 바로 다음 세대의 후보들을 선발하여 양성함으로써 중간에 공백이 생기는 것을 방지하고 있었다.

즉, 후계자가 세대별로 한 명씩 있게 되는 것이다.

가주와 후계자 둘이 모두 죽지 않는 이상 로스차일드에 수장이 없어지는 일은 없다.

"가문의 뜻을 받들겠습니다."

테트라는 빈센트의 대답을 듣고 바로 대답을 하였다.

방계 출신으로서 그동안 자신이 얼마나 많은 고초를 겪었던가. 후보자들 중에서 유독 두각을 나타내는 자신을 두고 슈티켈이 얼마나 방해를 했는지 모른다.

그리고 그런 슈티켈에게 잘 보이기 위해 많은 이들이 자신을 괴롭혔다.

이젠 문 차일드의 수장이 되었으니 그들에게 그 보답을 할 차례였다.

막강한 후계자 후보였던 슈티켈이 경쟁에서 탈락을 했으니 더 이상 자신을 위협할 만한 후보자들은 아무도 없었다.

다른 후보들 중 직계 후보가 아직 남아 있기는 하지만 그는, 아니, 그녀는 굳이 언급할 필요가 없다.

가문의 가주는 언제나 남자였기 때문이다.

명목상 로스차일드의 피를 이은 존재는 누구나 가주가 될 수 있다.

하지만 가문의 어른들은 그런 것은 머릿속에 두고 있지 않았다.

가주는 남자만이 되어야 한다는 것, 그것이 로스차일드가를 이루는 수장들의 생각이었다.

"새로운 문 차일드의 수장이 된 너에게 하는 당부는 하나다."

"무엇입니까?"

"슈티켈과 같은 실수를 하지 말라는 것이다. 가문에 위협이 될 수도 있는 존재를 놓친다는 것은 가주 후보가 아니라 후계자로 자리를 잡은 이라도 결코 해서는 안 될 일이다."

"알겠습니다."

테트라는 지금 가주인 빈센트의 말을 들으면서 유력 후보였던 슈티켈이 가주의 직계이면서도 위기를 극복하지 못하고 후보에서 탈락한 이유를 알게 되었다.

"나가 봐라."

"예, 그럼."

테트라는 빈센트의 축객령에 고개를 숙이며 뒤돌아섰다.

그런 그의 뒤로 빈센트는 다시 한 번 축하의 말을 하였다.

"문 차일드의 수장이 된 것을 축하한다. 앞으로 열심히 하기 바란다."

쿵!

테트라는 그 말을 들으며 문을 굳게 닫고 밖으로 나갔다.

그런 테트라의 뒷모습을 보는 빈센트의 표정은 굳어 있었다.

문 차일드의 수장이 된 테트라 또한 머지않아 알게 될 것이다. 그동안 자신이 친손자인 슈티켈을 후계자로 만들기 위해 벌인 공작들을 말이다.

하지만 어쩔 수 없었다. 아무리 로스차일드 가문의 가법이 지엄하다 해도 그 정도는 모두 이해하는 범위 내의 일이었다.

그렇게 잠시 테트라의 일을 생각하던 빈센트는 이내 고개를 저었다. 그건 어쩔 수 없는 일이었다.

빈센트는 다시 한 번 뉴 어스에서 행적을 놓친 정진에 관해 생각을 하기 시작했다.

한국, 아시아에 대륙 끝에 달려 있는 작은 나라다.

인구는 겨우 5천만이 조금 넘는 인구를 가지고 있으며, 몇 년 전까지만 해도 그리 주목받는 나라가 아니었다.

다만 좁은 땅덩어리에 여러 개의 게이트를 가진, 확실히 빼먹을 것이 많은 나라 정도였다.

그런데 갑자기 아티팩트를 대량으로 판매를 하기 시작하더니, 급기야 획기적인 외상 치료제인 포션을 판매하였다.

헌터의 수준도 원래는 평균에서 조금 높은 정도에 지나지 않았는데, 그것도 이제는 세계에서도 최고 수준에 이르렀다.

어떤 계기로 그렇게 급속도로 발전을 했는지 모르겠지만, 로스차일드 가문의 수장으로서도 감히 판단이 쉽게 되지 않을 정도로 놀라운 곳이었다.

그래서 그 원인을 조사하고 있었는데, 어떻게 된 일인지 정보가 어느 순간 막혀 버렸다.

그저 아케인 클랜이란 곳에서 아티팩트들을 만든다 정도였다.

자세히 알려고 하면 뭔가에 가로막힌 것처럼 막막해지는 것이다.

로스차일드 가문이 나섰는데도 일개 변방의 나라에 자리 잡은 헌터 클랜에 관한 정보를 알아낼 수 없다는 사실에 처음에는 황당한 마음이 들었다.

다른 곳도 아니고 문 차일드, 정부들의 이면을 조종하는 정보 조직이다.

그런데 일개 헌터 클랜의 내부 정보를 알아내지 못한다는 것은 뭔가 비정상적인 일이 아닐 수 없었다.

빈센트는 로스차일드 가문의 총력을 기울여 아케인 클랜과 정진에 대해 알아내려고 애썼다.

하지만 대체 어떻게 된 것인지 알면 알수록 오리무중이었다.

뒤늦게 그것이 어떻게 해서 벌어진 일인지 알게 되었지만 그러한 사실을 알게 되자 더욱 궁금해졌다.

무엇 때문에 블루 뱀브가 그렇게까지 정보를 차단하고 있는지 궁금했기 때문이다.

블루 뱀브가 막고 있는 정보라면 자신들만으로는 더 이상 알아낼 수 없다는 생각에 빈센트는 또 다른 가문을 끌어들였다.

바로 미주 대륙을 장악하고 있는 록펠러였다.

비록 근대에 이르러 성장한 가문이기는 하지만 그들의 역량은 결코 로스차일드나 블루 뱀브가 무시할 수 없을 정도였다.

그렇게 어렵게 블루 뱀브의 방해를 헤치고 아케인 클랜에 관해 알게 된 빈센트는 한국의 그 엄청난 변화가 단 한 사람으로 인해 벌어진 일이란 사실을 알고 경악을 했다.

더욱이 그가 마법을 사용하는 마법사란 사실도 알게 되었다.

마법은 빈센트 또한 관심이 많은 분야다.

오래전부터 유럽에는 마법에 관한 전설들이 많았다.

어디서부터 시작된 것인지 그 기원을 알 수는 없지만 유럽의 많은 설화에는 마법이 등장을 한다.

북유럽의 신화에도, 그리고 영국을 무대로 하는 켈트 신화에도 마법이 등장하며 로스차일드 가문에도 해석이 되진 않았지만 마법서로 추정되는 몇 가지 물건이 있다.

미국이 자신들이 뉴 어스에서 드워프를 만나 그들과 손을 잡은 것처럼 미국도 뉴 어스의 엘프란 종족을 확보해 그들의 능력을 활용하고 있음도 알고 있다. 그 엘프들이 대부분 실전되기는 했지만 몇 가지나마 마법을 쓸 수 있는 것도 말이다.

그래서 빈센트는 한국의 발전에 기여한 아케인 클랜, 그리고 그곳의 클랜장인 정진을 주목하게 되었다.

자세한 정보는 없지만 모든 사건들을 연결하면 정진이 가진 능력이 얼마나 대단한 것이고 또 그것이 장차 세계에 얼마나 중대한 영향을 미칠 것인지 파악할 수 있다. 빈센트는 정진을 확보하기 위해 문 차일드를 이용했다.

세계 3대 정보 조직 중 하나인 문 차일드 산하 무력 단체들은 결코 약하지 않다.

그런데 시작부터 꼬여 버렸다. 앞마당과 같은 독일에서 행적을 놓쳐 버리지 않았는가.

빈센트는 이런 어처구니없는 실수를 한 장본인인 자신의 친손자이면서 가문의 후계자 후보인 슈티켈을 정리하자는 가문 내의 여론에 손을 쓰지 않았다.

만약 그가 기회를 한 번만 더 주자고 말만 했어도 슈티켈은 이렇게 문 차일드의 수장과 후보의 자리에서 물러나지 않았을지도 모른다.

그만큼 이번 일은 무척이나 중요한 일이었다.

"꼭 그를 수중에 넣어야 해! 만약 그럴 수 없다면⋯⋯."

꾸구국!

생각을 정리하던 빈센트는 자신도 모르게 손에 힘을 주었다.

그 때문에 그의 손에 쥐어져 있던 중요한 서류가 구겨지며 요란한 소리를 냈다.

Chapter 5

엘프들의 고민 I

　작고 단단한 체형을 가진 드워프들이 마을 공방 앞에 모두 몰려와 있었다.

　성벽 보수 공사와 마을의 안전을 위해 결계 마법을 설치하는 작업까지 모두 끝마친 드워프들과 정진은 새로운 작업에 들어갔다. 그리고 그 결과물이 조금 뒤면 나올 것이었다.

　모든 드워프들이 공방 앞에 모인 이유는 바로 그것을 구경하기 위해서였다.

　"흠, 이제 여기에 상급 마정석만 넣으면, 끝!"

　정진은 혼자 그렇게 중얼거리며 커다란 마법진 위에 아공간에서 꺼낸 상급 마정석을 마법진 위에 올려두었다.

그 상급 마정석의 주위로는 그동안 드워프들이 몬스터를 막아내면 모아놓았던 마정석 중 중급에 해당하는 것들 중 일부가 마법진을 보조하는 또 다른 마법진의 동력원으로 배치되어 있었다.

"오퍼레이션(Operation)!"

마법진의 가동 스펠을 외치자 정진의 심장에서 마력이 빠져나가 마법진에 올려둔 마정석을 자극했다.

번쩍!

마법진에서 정진의 마력에 반응해 푸른 마력을 발산했다.

우웅!

푸른 마나가 마법진 위에 떠오르더니 급기야 대기를 울리는 소음이 들렸다.

이는 마법진이 정상적으로 작동을 한다는 것을 의미했다.

설치한 마법진이 작동되면서 그 마력이 공방을 벗어나 마을 전체를 둘러싸고 있는 성채에까지 이르러 마을 전체를 비췄다.

"와!"

어른 드워프들은 이런 변화에 작게 웅성거렸지만, 아직 나이가 어린 드워프들은 이런 모습이 마냥 신기한지 환호성을 질러 댔다.

하지만 잠시 시간이 지나자 어린 드워프가 그랬던 것처럼 성인 드워프들도 일제히 환호성을 질렀다.

다만 어린 드워프들과 다르게 성인 드워프들이 환호성을 지른 이유는 다른 데 있었다.

그들이 환호성을 지른 이유는 바로 공방에 있던 커다란 고로의 쇳물이 붉게 달아오르고 있었기 때문이다.

그 쇳물의 색을 보면, 그동안 자신들이 쇳물을 녹이던 온도보다 훨씬 높은 온도라는 것을 알 수 있었다.

선조로부터 구전으로만 내려오는 백색의 쇳물이었다.

아무리 태생이 장인 종족이라 쇠와 불을 다루는 데 천부적인 재능을 가지고 있다지만 여건이 되지 않는 상태에서 만드는 것과 좋은 상태에서 만드는 것이 같을 수는 없었다.

수시로 몰려드는 몬스터의 위협 속에서 좋은 철광석을 구하고 제련하여 양질의 무기를 만들기란 어려웠다.

쇠를 녹이기 위해선 높은 온도를 만들어내야 하지만 이런 어려운 여건에서는 좋은 석탄을 찾아 나설 엄두도 낼 수 없었다.

그 때문에 드워프들은 무척이나 조잡한 방법으로, 예전 뉴 어스에 다양한 종족이 살아가던 때라면 쳐다도 보지 않을 것들을 만들어 사용해야 했다.

그나마 드워프들이 가진 손재주를 통해 조악한 물건이나마 쓸 만하게 만들어 사용을 하는 것이지, 인간이 만들었다면 몇 번 사용하면 부러질 원시적인 것들을 사용해야 했을 것이다.

그만큼 드워프들의 사정은 좋지 못했다.

그런데 지금 선조로부터 구전으로만 전해지던 백색의 쇳물을 두 눈으로 보게 되었으니 드워프들이 흥분을 하는 것은 당연한 것이었다.

정진은 드워프 마을의 안전을 위해 성벽에 결계와 방어 마법진만 그리는 것으로 끝내지 않고 또 다른 작업을 했다.

드워프가 자신들의 성벽에 매달려 마법진을 그리고 있을 때, 정작 정진은 성벽에 새겨지는 마법진을 가동하는 데 필요한 다른 마법진들을 그렸다.

그러면서 한편으로는 아케인 쉘터나 북한 지역 도시 건설을 할 때처럼 한 가지 목적으로만 마법진을 사용하지 않고, 마법진에서 흘러나오는 마력을 이용해 마을 안에 살고 있는 드워프들이 필요한 것들을 쉽게 사용할 수 있도록 하는 복합 마법진을 만들었다.

공방의 고로 안에 있던 철광석들이 붉어지다 못해 더욱

온도가 올라가 백색에 가깝게 온도가 올라간 이유는 바로 그 때문이었다.

환호를 하는 드워프들의 모습을 보며 정진은 자신이 굳이 석탄을 채광하지 않아도 되게끔 고로와 마법진을 연결한 것이 참으로 잘한 일이라 생각했다.

'확실히 드워프가 장인 종족이긴 하군, 저렇게 좋아하다니.'

성벽에 마법진이 제대로 연결이 되어 결계가 만들어진 것보다 고로 안에 들어 있는 쇳물이 석탄을 때지 않았는데도 녹아내리는 모습에 환호를 하는 것만 봐도 드워프가 어떤 존재들인지 알 수 있었다.

정진이 그렇게 마법진을 가동시키고 뒤로 물러나자, 신이 난 드워프들이 하나둘 공방 안으로 들어오기 시작했다.

그들의 관심은 마법진이 아니라 그 옆에 뜨거운 열기를 내뿜고 있는 고로 안에 있었다.

고로 안에 넘실거리는 흰 쇳물이 드워프들을 유혹하고 있었다.

이런 쇳물을 보며 드워프들은 하나같이 그것을 가지고 뭔가를 만들어야만 한다는 생각에 사로잡혔다.

"쇳물이다. 모두 망치를 들어라!"

파이어 해머는 그 유혹을 이기지 못하고 큰 소리를 질렀다.

그런 파이어 해머의 고함에 드워프들이 일제히 환호성을 지르며 작업복 허리에 매달린 자신의 망치를 높이 치켜들었다.

"우호!"

"호우! 호우!"

파이어 해머의 외침을 들은 드워프들이 일제히 자신의 모루 앞에 섰다.

그런 드워프들을 본 파이어 해머는 고로 안에 들어 있는 쇳물로 철광석을 만들어내기 시작했다.

드워프들은 쇠를 정제해 철광석을 만들어내고, 그것을 달구어 바로 두들기는 방법을 사용한다.

이는 인간보다 월등한 완력을 가졌기에 이런 방법으로 만들어도 튼튼하고 균형이 잡힌 명작을 만들 수 있었다.

만약 인간이 이런 방식으로 무기를 만든다면 그저 양산품만이 만들어지겠지만, 드워프들의 탁월한 재능이 이러한 것들을 가능하게 했다.

실제로 아케인 클랜과 무기 공급 계약을 한 뉴 서울에 상주하는 대장간들은 기계를 이용해 이런 방식으로 제작한 무기들을 납품을 하고 있다.

하지만 장인이 심혈을 기울인 작품들에 비할 수는 없었다.

물론 주조법으로 만들어진 물건은 일정한 품질을 가진다는 장점도 있다.

매직 웨폰의 경우 굳이 명품이 아니더라도 마법이 가미가 되면서 훌륭한 무기가 되기에 주조법으로 일정한 품질을 낼 수 있는 대장간과 장기 계약을 한 것이기도 하다.

그러나 드워프들은 어떤 방식으로 만들어내든 최상품 이상의 명작을 만들어낼 수 있었다.

그렇기에 유럽연합에서 그렇게 극진히 대접을 받고 있는 것이기도 했다.

드워프들이 가동되기 시작한 공방 안으로 들어와 작업을 시작하자, 더 이상 이곳에서 할 일이 없어진 정진은 자신에게 배정된 숙소로 걸어갔다.

드워프를 도와주기 위해 왔던 일은 이제 모두 마무리되었다.

그리고 처음 이곳에 도착한 날, 임시 족장인 파이어 해머와 몇몇 드워프 장로들과 협의를 통해 자신이 드워프 족장인 노커와 했던 약속은 모두 지켰으니 이제는 드워프가 자신과 했던 약속을 지키는지 기다리는 일만 남았다.

자신이 약속을 지켰으니 드워프들도 자신을 도와줄 것

이다.

그는 계속 위험한 드래곤 산맥에 살기보다는 자신이 있는 영원의 숲 인근에 새로운 터전을 만드는 것이 어떠냐는 의견도 냈지만, 그 의견은 기각이 되었다.

드워프들에게는 생존도 중요하지만 자신들의 삶의 의미인 대장장이 일도 무척이나 중요하기 때문이다.

드워프에게 대장장이로서의 일이란 삶의 의미였다.

드워프와 이 일은 떼려야 뗄 수 없는 불가분의 관계다.

그래서 차선책으로 몇몇 드워프들이 도움을 받은 대가로 파견을 가서 정진의 일을 도와주는 것으로 변경되었다.

물론 정진의 입장에서는 드워프 종족 전체가 자신이 수장으로 있는 아케인 클랜이 자리 잡고 있는 영원의 숲 인근에 자리를 잡는 것이 제일 좋은 일이다.

하지만 드워프들이 이를 거부하니 어쩔 도리가 없었다.

드워프가 드래곤 산맥을 떠나지 않으려는 이유도 이해가 가지 않는 것은 아니었다.

이곳 드래곤 산맥은 뉴 어스 그 어느 곳보다 자원이 풍부한 곳이다.

위험해서 개발을 하기 힘들다는 문제가 있지만, 드워프들의 타고난 채광 기술을 생각하면 몬스터들만 주의해서 움직인다면 큰 문제가 되지 않을 것이다.

정진은 이제 될 수 있으면 많은 드워프들이 그를 도와주기만을 바라고 있었다.

† † †

미국 콜로라도 산후안 카운티 국유림.

겉으로 보면 평범한 산림지대처럼 보이지만 사실 이곳에는 미국 군수산업의 최대 그룹인 레기온 사의 비밀 연구소가 자리하고 있어 많은 통제구역이 존재했다.

바로 이곳에서 레기온 사에서 개발한 타이탄이 개발되었다.

그런데 이곳 산후안 연구소가 타이탄을 개발하여 환호를 받은 것도 잠시, 아시아의 작은 나라에서 새로운 타이탄이 개발되면서 연구소 연구원들은 긴장하기 시작했다.

공교롭게도 자신들이 개발한 타이탄과 한국에서 개발된 타이탄이 너무도 흡사했기 때문이다.

단순히 모양만 흡사한 것이 아니라 타이탄의 핵심인 엑시온의 설계가 너무도 비슷했다.

미국 정부에서는 혹시나 한국에서 레기온 사의 타이탄 설계를 빼돌린 것이 아닌가 의심을 하기에 이르렀다.

하지만 그 의심은 금방 해명이 되었다.

한국에서 자신들이 개발한 타이탄이 7년 전 던전에서 발굴한 타이탄을 카피한 것임을 밝힌 것이다.

미국 정부에서는 일단 의심을 풀기는 했지만, 100% 모든 문제가 해결된 것은 아니었다.

자신들도 그것을 바탕으로 연구를 하여 타이탄을 개발한 것이고, 그나마도 타이탄을 온전하게 카피하지 못했기 때문이다.

일부 마법진을 해석하지 못하는 바람에 그 기능이 어떤 것인지 알지 못해 안전을 위해 삭제하기도 했고, 해석된 마법진을 연동하는 데 문제가 생긴 부분에는 해석이 완료된 다른 마법식을 끼워 넣는 등 수정을 해야만 했다.

그 때문에 워리어급이던 타이탄의 엑시온의 등급이 솔저급으로 떨어졌다.

그 탓에 오리지널보다 전투력이 떨어지는 부분을 현대 과학으로 커버를 하여 겨우 오리지널이 낼 수 있는 파워와 비슷한 정도로 만드는 데 성공한 것이다.

그런데 한국은 자신들보다 기술력이 떨어지면서도 타이탄을 완벽하게 카피해 냈다.

한국에서의 타이탄 공개 이후 산후안 연구소에는 비상이

걸렸다.

급하게 한국에서 생산되는 타이탄 두 기를 구해 연구소로 가져왔다.

한국이 만든 타이탄이 실제로 오리지널과 얼마나 동일하게 만들어졌는지 알아내기 위해서였다.

그런데 타이탄을 해체하여 마법진을 들여다보려고 한 그때, 문제가 발생했다.

타이탄을 해체할 때까지만 해도 멀쩡하던 엑시온이 정작 엑시온에 들어간 마법진을 살피기 위해 외부 보호 장갑을 벗겨내는 과정에서 갑자기 정지하고 만 것이다.

아예 엑시온 내부에 그려진 마법진까지 모두 타버려 마법진의 형태를 알 수 없게 되고 말았다.

사실 이것은 원형이 되는 워리어급 타이탄 월러드에는 없던 기능이었다. 정진이 월러드의 엑시온을 카피하면서 새롭게 넣은 기능이다.

이미 미국에서 타이탄이 개발이 되고 있다는 소식을 듣고, 혹시 미국도 자신만 가지고 있는 능력이라 생각했던 마법을 사용할 수 있는 게 아닐까 하는 의심을 하면서 만약을 대비해 만들어둔 안전장치였다.

물론 그 때문에 새로운 부분이 추가되면서 마력의 흐름에 부하가 걸려 마력 손실이 발생하였지만 그래도 타이탄의 기능에는 아무런 영향이 없었다.

정진은 그 정도 손실은 안전을 위해서라도 충분히 감안할 수 있는 범위의 것이라 판단하고 과감히 설치를 하였다.

이러한 사실을 당연히 알 리 없는 이들은 자신들이 개발한 타이탄의 엑시온과 한국에서 개발된 엑시온의 차이를 밝히기 위해 엑시온의 외부 장갑을 분해하다 타이탄의 가장 중요한 심장인 엑시온을 날려 먹고 말았다.

레기온 사에서는 한국에서 두 기의 타이탄을 들여오면서 10억 달러라는 엄청난 금액을 들여야 했는데, 이중 한 기를 허공에 날려 버린 것이다.

그것도 아무런 연구 성과도 없이, 그저 연구를 위해 해체를 하는 과정에서 대비를 하지 못해 생긴 일이었다. 해체 작업을 한 지 1시간이 채 되지 않은 시간에 5억 달러가 날아갔다.

5억 달러면 신의 방패라 불리는 이지스 함선의 절반 가격에 이르는 엄청난 금액이다. 산후안 연구소의 연구원들의 표정이 잔뜩 굳어졌다.

하지만 이들 연구원들과 다르게 조금 떨어진 곳에 위치한 또 다른 사람들은 다른 의미에서 잔뜩 굳어 있었다.

"이엘!"

이곳 산후안 연구소에서 인간들을 돕기 위해 파견 나와 있는 엘프들의 대표인 파시엘이 엘프들의 경호 책임자인 이엘을 불렀다.

그런 파시엘의 부름에 이엘은 아무런 감정이 섞이지 않은 표정으로 그를 돌아보았다.

"예, 장로님."

"어떻던가?"

밑도 끝도 없는 질문이었지만 이엘은 지금 장로인 파시엘이 어떤 질문을 한 것인지 알고 있었다.

"확실히 한국이란 나라에서 만든 타이탄이 저희가 만든 것보다 오리지널에 가까웠습니다."

이엘은 담담하게 자신이 느낀 부분을 말했다.

그런 이엘의 대답을 들은 파시엘의 표정이 굳어졌다.

이곳의 인간들은 자신들의 도움을 받아 겨우, 아니, 사실상 전적으로 자신들이 타이탄을 만든 것이나 다름없고 인간들은 그저 보조의 역할만 했다.

이는 자신들의 필요성을 더욱 높이기 위해 인간들에게 마법을 가르쳐 주지 않았기 때문이기도 했다.

지금도 이곳 연구소의 연구원들은 물론이고 회사라는 곳의 대표조차 자신들을 함부로 대하지 못하고 있었다.

자신들의 도움 없이는 절대로 타이탄을 만들지 못할 것이라 자신했던 것도 잠깐이었다.

인간의 나라에서 타이탄을 만들어낸 것이다.

그것도 자신들이 보호를 받고 있는 나라보다 국력이나 땅의 크기, 모든 면에서 약세인 나라에서 말이다.

혹시나 그들도 동족을 받아들인 게 아닌가 하는 생각을 해보지 않은 것은 아니다.

하지만 뉴 어스를 떠나올 때, 남은 일족들은 자신들뿐이었다.

다른 엘프 종족은 더 이상 없었다. 그렇기 때문에 최후의 생존을 위해 게이트를 넘어 지구라는 이계로 넘어온 것이다.

어떻게 마법 병기인 타이탄을 마법도 알지 못하는 인간들이 자신들의 도움 없이 만들어낸 것인지 알 수는 없지만 파시엘은 현재 크나큰 위기감을 느끼고 있었다.

만약 자신들이 보호를 받고 있는 이곳 미국이란 나라와 동맹이라는 곳에 정말로 마법을 익힌 인간이 있어, 그 인간이 동맹인 이 나라에 마법을 전수하게 된다면, 자신들의 효용성은 지금보다 훨씬 떨어질 것이 분명했다.

물론 이기적인 생물인 인간이 자신이 가진 것을 순순히 다른 인간에게 전수를 해주진 않겠지만 거대 국가의 힘 앞에선 그도 무용지물이 될 수밖에 없다.

언제가 되었건 인간 세상에 마법이 널리 퍼질 것이란 생각을 할 수밖에 없었다. 만약 그렇게 되면 더 이상 엘프들이 설 땅이 없어질 것이다.

지금이야 자신들이 필요하기에 땅을 주고 다른 인간들에게서 보호를 하고 있지만, 그때에도 인간들이 약속을 지킬 것이라고는 믿을 수가 없었다.

더욱이 인간들이 만들어낸 타이탄이 자신들이 만든 타이탄보다 성능이 약간이나마 더 좋다는 것이 알려진다면 어떤 일이 벌어질지 상상하기도 두려워졌다.

"당분간 네가 알아낸 것들을 함구해라."

"알겠습니다."

장로 파시엘이 이엘에게 한국에서 들여온 타이탄의 성능에 대해 함구할 것을 지시하자 이엘은 아무런 거부 없이 알겠다는 대답을 하였다.

이엘 또한 이곳 연구소에 파견된 엘프들의 안전을 책임지는 이로써 자신이 탑승해 알아본 타이탄이 가진 능력이 인간들에게 알려지게 되면 어떤 파장이 생길 것인지 짐작할 수 있기에 파시엘의 판단에 동조를 한 것이다.

오리지널 타이탄인 티루스도 마스터인 이브엘의 허락을 받고 몇 번 탑승을 해본 경험이 있기에 이엘은 워리어급 타이탄의 성능을 잘 알고 있었다.

이미 타이탄 마스터인 이브엘을 대신해 이엘이 한국에서 들여온 타이탄과 마스터 계약을 맺고 탑승을 해보았기에 충분히 두 타이탄을 비교해 보고 한 대답이었다.

오리지널인 이브엘의 타이탄 티루스와 자신이 계약을 맺은 한국산 타이탄 기욤의 성능은 어느 것이 더 낫다 평할 수 없을 정도였다.

다만 기욤은 티루스보다 무엇 때문인지 인지 범위가 좀 짧았다.

하지만 티루스보다 가볍고 또 기동성이 뛰어나 숙달만 되면 별로 느끼지 못할 정도다.

단지 티루스에 비해 가시 범위가 짧은 것이지 기욤에 탑승해서 실제로 활동을 하면 별로 불편함이 없었다.

그것만 보면 어쩌면 기욤이 더 활용도가 높을 수도 있었다.

빠르다는 것은 그만큼 할 수 있는 일이 많다는 말이기도 하기 때문이다.

다만 기동성을 위해 중량을 줄였기 때문인지 방어력이 티루스에 비해 떨어졌다.

만약 여러 기의 타이탄들이 집단전을 하게 된다면 기욤에 비해 티루스가 유리할 것이다.

그건 이곳 산후안 연구소에서 개발한 타이탄과 비교해도

그건 마찬가지였다.

기동성이나 파워에서는 한국에서 만든 타이탄이 뛰어났지만, 집단전으로 들어가면 일단 중량에서 밀리는 한국의 타이탄에 비해 자신들이 개발한 타이탄이 중량이 더 나가기 때문에 해볼 만하다는 결론을 내렸다.

집단전에서는 기동성이 그리 중요하지 않기 때문이다.

얼마나 상대의 공격을 효과적으로 방어를 하고 반격을 할 수 있냐는 것이 성패를 좌우한다.

한국의 타이탄은 대타이탄전은 상정하지 않고 만든 듯, 장갑의 두께는 상당해 보였다.

하지만 그 내부가 비어 있는 중공장갑이라 방어력 면에서 자신들이 개발한 타이탄에 비해 떨어졌다.

"그렇다고 아무런 이야기를 안 할 수는 없으니 그들도 알고 있는 정도 내에서만 알려주도록 해라."

"알겠습니다."

파시엘은 어차피 외부적으로 알려진 것들만 이곳 연구소 책임자에게 알려주기로 하였다.

어차피 그건 자신들이 말을 하지 않아도 알려질 것들이기에 괜한 의심을 사기보단 그렇게 하는 것이 시간도 벌고 뒷일을 대비할 수 있다는 판단이었다.

그런 두 엘프의 대화를 이브엘은 말없이 지켜보았다.

한참 왕성한 활동을 할 나이인 이브엘로서는 이곳 산후안 연구소 내에서 이엘과 함께 파견된 엘프들을 보호하는 임무만 하고 있는 것이 답답했다.

솔직히 이곳 연구소에서 그녀가 할 수 있는 일은 아무것도 없었다.

연구원으로 온 엘프처럼 마법을 익힌 것도 아니고, 그저 생존을 위해 무술을 수련한 그녀로서는 연구소 안에 있는 것이 너무도 따분했다.

단지 이곳 연구소에서 가끔씩 티루스를 타고 연구소에서 개발한 타이탄과 대결하는 것만이 유일한 소일거리였다.

요즘 그녀는 그런 시간이 아니면 멍한 상태로 지낼 때가 많았다.

그런데 장로인 파시엘과 가드의 책임자인 이엘의 대화 도중 그녀의 귀를 번쩍 뜨이게 하는 이야기가 있었다.

"그 한국이란 곳에도 마법사가 그리 많은 것 같지는 않으니……. 어휴, 그자의 입만 막을 수 있다면 좋을 텐데 말이야."

파시엘은 마법이 보급되는 것에 위기감을 느끼고 될 수 있으면 마법을 익히고 있을 인간이나 존재에게 자신의 뜻을 전하고 마법이 퍼지는 것을 막아야 한다고 생각했다.

한국에 있다는 마법을 익힌 존재가 인간이건, 아니면 다른 이종족이건 상관이 없었다.

마법이 널리 퍼지지만 않으면 인간들은 마법을 배우기가 힘들 것이고, 그렇게 되면 자신들이 충분한 힘을 가질 시간을 벌 수 있기 때문이다.

충분한 힘을 보유하게 되었을 때는 이곳에서 인간들의 보호를 받는 것이 아니라 자신들이 떠나왔던 고향으로 돌아갈 것이다.

엘프들이 처음부터 이렇게 계획한 것은 아니다.

몬스터의 세상이 된 뉴 어스는 숲의 종족인 엘프에게도 무척이나 위험한 곳으로 변했다.

지구의 인간들이 어쩌다 한 번씩 겪는 몬스터 웨이브를 엘프들은 수시로 겪었다.

물론 몬스터 웨이브처럼 무지막지한 숫자가 한 번에 몰려오는 것은 아니지만 수시로 마을을 침범하는 몬스터로 인해 엘프들은 계속해서 보다 안전한 땅을 찾아 떠돌아야 했다.

지구의 인간들을 만나게 된 것은 그러는 도중에서였다.

몬스터를 피해 이주를 하는 동안 너무 많은 숫자의 엘프들이 죽는 바람에 더 이상 뉴 어스에서 생존하기는 어렵다고 결론을 내린 엘프의 장로들은 자신들의 지도자인 엘을 설득해 인간들의 세상인 지구로 넘어왔다.

지구는 사실 엘프들에게 그리 좋은 환경이 아니었다.

몬스터가 없어 안전한 땅이기는 했지만 지구의 대기는 뉴 어스에 비해 너무도 적은 마나를 품고 있었다.

고향인 뉴 어스에 비해 1/10도 되지 않는 마나 때문에 엘프들은 생존을 위해 새롭게 정착한 땅에 결계를 만들어야 했다.

몬스터와 투쟁을 하면서 모은 마정석을 이용해 새로운 마을에 대규모 결계 마법진을 설치한 것이다. 이는 주변의 마나를 집중시키는 효과가 있는 마법진이었다.

정진이 만든 마나 집접진과 비슷한 효과를 내는 것이지만, 그 기능은 정진이 만든 마법진에 비해 3/5 정도의 성능에 지나지 않았다.

그나마 그 결계로 인해 엘프들은 지구에서 적응을 할 수 있었다.

만약 이 결계마저 없었다면 엘프들은 게이트를 넘어 지구로 온 몬스터들이 그런 것처럼 몸에 가지고 있는 마력을 잃어버리고 인간처럼 변해 버렸을 것이다.

사실 이곳 연구소에 파견 나온 엘프들이 주기적으로 엘프 마을로 돌아가는 이유도 몸에 이상이 생기기 전에 마나가 풍부한 마을로 돌아가 신체의 균형을 맞추려는 이유에서였다.

장로인 파시엘만은 원래 다른 엘프들에 비해 마법 실력이 뛰어나 매일 마나심법을 통해 마력을 보충하며 버티고 있었다.

이곳 연구소가 산림이 우거진 콜로라도의 국립공원이 아닌 대도시나 사막처럼 생명력이 희박한 곳에 있었다면, 그가 아무리 뛰어난 마법사였어도 이렇게 오래도록 엘프 마을이 아닌 인간의 땅에 머물 수 없었을 것이다.

"장로님."

"음? 무슨 할 말이라도 있나?"

이엘과 이야기를 하던 중 갑자기 이브엘이 자신을 부르자 파시엘은 놀란 눈으로 그녀를 쳐다보았다.

언젠가부터 모든 일에 흥미를 보이지 않고 권태로운 표정으로 일관하던 이브엘이 눈을 반짝이며 자신을 부른 것이다.

"그 일, 제가 하겠습니다."

"안 돼!"

잠시 그녀의 말을 듣던 파시엘은 단호하게 대답을 하였다.

이 일은 무척이나 중요하고 위험한 일이었다.

파시엘은 젊은 그녀보다는 나이가 어느 정도 있고 또 경험이 있는 엘프가 적격이라고 생각했다.

하지만 이브엘은 결코 물러날 생각이 없었다.

따분한 이곳을 벗어나 다른 곳을 경험해 보고 싶었다.

사실 이브엘은 무척이나 모험심이 다른 엘프였다.

엘프 가드 중에서도 상당한 실력을 가지고 있는 그녀다.

자신의 실력에 자부심이 강한 그녀는 두려움이 별로 없었다.

실제로도 그녀가 봐온 강자들은 대부분 나이가 많은 엘프 가드들뿐이고, 자신의 또래 중에선 이엘이 겨우 자신과 비슷한 수준일 뿐이다.

자신이 작정하고 힘을 쓴다면 이곳 산후안 연구소에 파견 나온 엘프들의 안전을 책임지는 이엘이라도 상대가 되지 못한다.

실제로도 그랬기에 타이탄 티루스가 자신을 선택했던 것이 아닌가.

7년 전 레기온 사가 한국에서 티루스를 사들여 연구를 하였지만 아무런 성과를 내지 못했다.

다만 엘프들은 그들이 사들인 것이 전설로 내려오는 대몬스터 병기 타이탄이란 것을 알고 조용히 기다렸다.

인간들이 포기를 할 때까지 기다리다 자신들이 연구를 한다는 명분으로 그것을 차지할 생각이었다.

그리고 실제로도 그렇게 되었다.

티루스는 이엘이 아닌 그녀에게 먼저 계약을 맺을 것인지 물어보았고 그녀는 거부하지 않고 계약을 하였다.

이는 파견된 엘프 가드 중 그녀가 가장 실력이 뛰어나다는 반증이었다.

워리어급 타이탄 티루스는 마스터 계약을 하는 최소 조건이 마력을 외부로 발현할 수 있는 익스퍼트 하급이다.

엘프 마을에 있는 가드들의 실력은 상당히 좋은 편이라 상당수의 엘프 가드들이 익스퍼트였다.

그중 대장은 최상급 익스퍼트고, 그를 필두로 두 명 정도가 최상급이며 상급이 10여 명 되었다.

이브엘은 중급 익스퍼트로 헌터로 치면 3급 라이선스를 가진 헌터와 비슷한 마력을 가지고 있었다.

물론 실력은 일반적인 3급 헌터보다 뛰어났다.

엘프이기에 인간보다 수명이 더 길어 숙련도가 인간 헌터와는 비교할 수 없이 높기 때문이다.

그러나 엘프들 가운데서도 이브엘의 나이 대에 그녀만 한 성취를 가진 엘프가 없었다. 그녀는 마치 인간처럼 자신의 실력에 대한 자부심이 대단한 편에 속했다.

타이탄 티루스와 계약한 후, 이브엘의 그런 성향은 더욱 두드러졌다.

같은 엘프들과 생활을 하니 그런 것이 문제가 되지는 않았는데, 이곳 산후안 연구소로 오면서 그것이 표출이 되기 시작했다.

엘프 마을만 보아온 그녀에게는 연구소의 모든 것이 신선하고 신기했다.

하지만 엘프 마을보다 더욱 따분한 곳이 이곳 연구소라는 것을 깨닫기까지는 얼마 걸리지 않았다.

다른 엘프들처럼 연구원으로 왔다면 지루할 틈이 없었을 것이다. 하지만 연구원으로 온 엘프를 보호하는 임무를 가지고 파견 나온 그녀는 아무런 사건이 없는 일상을 보내고 있을 뿐이었다.

뭔가 변화가 필요하다고 생각하던 이때, 한국이란 나라가 나타났다.

가장 마법 실력이 뛰어난 파시엘 장로도 여러 다른 엘프들의 도움을 받아 겨우 완성한 타이탄을 인간의 나라에서 엘프의 도움도 없이 만들어냈다.

심지어 파시엘 장로가 만든 것보다 더 뛰어난 타이탄을 말이다.

그러니 그녀가 호기심을 느끼지 않을 수가 없는 것이다.

"장로님, 저는 이곳에서 할 일이 너무 없습니다. 이곳은 우리 엘프들을 위협할 만한 것이 아무것도 없습니다. 솔직히 아무 일도 벌어지지 않는 연구소를 저나 다른 가드들이 지키고 있는 것도 인력 낭비처럼 느껴집니다. 저도 마을을 위해서 뭔가 하고 싶습니다."

이브엘은 애절한 표정으로 파시엘 장로를 쳐다보았다.

그런 그녀의 모습에 파시엘은 긴장을 했다.

아주 어릴 때부터 그녀를 봐온 파시엘은 이브엘이 이런 표정을 지을 때면 뭔가 일이 터진다는 것을 알고 있었다.

어른들이 그녀의 말을 들어주지 않았을 때는 꼭 커다란 사건 사고가 뒤따랐다.

물론 그것이 꼭 안 좋은 일로 발전했던 것은 아니지만, 사고를 칠 때마다 엘프들로서는 큰 곤란을 겪어야 했다.

사실 엘프들이 뉴 어스를 떠나 지구에 정착을 하게 된 것도 이브엘이 친 사고의 여파였다.

† † †

"아, 따분해!"

오랜 수련 끝에 올해 수련 가드에서 벗어나 정식으로 포레스트 가드가 된 이브엘.

그녀는 정식 포레스트 가드가 되면서 마을 외곽 숲의 경계를 나와 근무를 서고 있었다.

엘프들의 경계 근무는 인간의 경계 근무처럼 초소를 짓고 그곳에서 근무를 서는 것이 아닌, 일정 범위 안에서 나무와 나무 사이를 이동하면서 몬스터의 침입을 경계하는 식이었다.

그 때문에 초소가 있는 것도 아니고, 자신이 맡은 지역을 순찰하다 다음 근무자와 교대를 하면 되었다.

다음 근무자가 오려면 아직 시간이 많이 남아 있는데, 혼자 숲을 지키는 것은 여간 지루한 것이 아니었다.

더욱이 그녀는 아직 초보 가드이기 때문에, 그녀가 맡은 지역은 베테랑 포레스트 가드들이 순찰하는 내부였다.

즉, 혹시나 그들이 순찰을 하는 곳을 통과하는 몬스터가 있을 때를 대비해 지키는 것이었다.

그러니 그녀로서는 정말로 따분한 근무가 아닐 수 없었다.

이럴 때 고블린이라도 한 마리, 아니면 탐욕스러운 오크라도 한 마리 나타나 준다면 정말로 심심하지 않을 텐데.

오늘은 그런 떠돌이 몬스터조차 한 마리도 보이지 않았다.

아무리 베테랑 포레스트 가드가 순찰을 돌고 있다고는 하지만 그래도 언제나 빈틈은 있기 마련이다.

지켜야 할 지역은 넓은데 포레스트 가드의 숫자는 턱없이 부족하기 때문이다.

언제나 경계 근무 때는 이브엘과 같은 초보 포레스트 가드까지 동원이 되어 이중, 삼중으로 구획을 짜서 순찰을 한다.

마을을 방어하는 결계를 치는 법을 잊어버린 엘프들로서는 일족의 안전을 위해선 어쩔 도리가 없었다.

아무리 엘프가 숲의 자손이라고 하지만 몬스터 또한 숲에서는 무척이나 위험한 존재이다. 때문에 수시로 순찰을 돌아 그들이 마을 가까이 다가오지 못하게 막아야 한다.

그렇지 않을 경우 이젠 얼마 남지 않은 일족이 몬스터에 의해 멸족이 될 것이기 때문이다.

하지만 이브엘은 지금 그런 것보다 너무도 심심해 죽을 지경이었다.

"아, 심심해! 심심해!"

결국 심심함을 참지 못한 이브엘은 자신이 지켜야 할 지역을 벗어나 베테랑 포레스트 가드들이 순찰을 도는 지역 밖으로 나가보기로 하였다.

"조금만 나갔다 오면 모를 거야."

이브엘은 자기 합리화를 하며 주변을 살피다 빠르게 몸을 날렸다.

그녀가 몸을 날리는 모습은 마치 평원을 달리는 치타와 같이 무척이나 빨랐다.

그녀는 땅도 아닌 나뭇가지와 나뭇가지 사이를 마치 징검다리를 건너듯 뛰고 있었다. 그 모습은 너무도 자연스러워 전혀 어색하지 않았다.

그렇게 한참을 달리던 이브엘은 베테랑 포레스트 가드가 바로 얼마 전에 지나간 구역을 지나, 지금까지 그녀가 한 번도 가보지 못한 지역으로 나아갔다.

휙! 휙!

얼마나 달렸을까? 저 멀리서 뭔가 소란스러운 소음이 들렸다.

자세히 귀를 기울여 보니, 그것은 몬스터가 위기의 순간에 지르는 괴성이었다. 그리고 지금까지 한 번도 들어보지 못한 이상한 쇳소리가 들렸다.

그리고 간간이 조금 희미한 낯선 소리도 들렸다.

몬스터들이 지르는 괴성과는 전혀 달랐다.

뭔가 규칙이 있고 여유가 묻어나는 소리였다.

지금까지 한 번도 들어보지 못한 소리에 호기심을 느낀 그녀는 눈을 반짝이며 소음이 들리는 곳으로 달려갔다.

얼마나 달렸을까, 소음이 들리던 곳에 도착을 한 그녀는 현장을 보고 깜짝 놀랐다.

그곳에 자신과 비슷한 모습을 한 존재들이 있었던 것이다.

그들은 이상한 복장을 하고 있었고, 한쪽에는 커다란 강철로 된 골렘이 네 대나 서 있었다.

이브엘은 지금까지 자신의 마을을 벗어난 적이 없었기에 동족들 외에 다른 지성체가 있다는 것을 알지 못했다.

어른들의 말로는 이젠 이 땅에 자신들 외에는 생존자가 없을 것이라고 했다.

즉, 마을에 있는 엘프들이 최후일 것이라고 알고 있었는데 그 말이 완전히 부정되는 광경이었던 것이다.

이브엘은 일단 자신들 외에도 또 다른 동족이 생존해 있고, 적인 몬스터들을 사냥을 한다는 것을 알게 되자 반가운 마음이 들었다.

그녀는 아무런 생각 없이 그들 앞에 다가가 말을 걸어보기로 했다.

하지만 이는 무척이나 위험한 행동이었다.

그녀가 수련 가드일 때 그녀를 교육시킨 교관은 절대로 이런 상황에서 혼자 결정하고 행동하지 말고, 베테랑 가드에게 알리고 함께 행동을 하라고 가르쳤다.

하지만 이브엘은 이러한 교관의 가르침을 잊고 저 앞에서 몬스터의 가죽을 벗기고 있는 동족에게로 다가갔다.

"안녕하세요. 전 이브엘이라고 해요."

이브엘은 별다른 경계 없이 그들에게 다가가며 인사를 했다.

한편 숲을 탐사하고 있던 미 육군 소속 특수부대 와일드 독 4중대 대원들은 탐사 도중 나타난 트롤 네 마리를 상대로 접전을 펼치다 겨우 물리치고 그 전리품을 챙기고 있었다.

와일드 독 4중대에는 뉴 어스의 중형 몬스터에 대응할 수 있는 네 기의 아머드 기어가 배속되어 있고, 최신형 파워 슈트로 무장한 여덟 명의 정글전 전문가들이 있었다.

이들은 모두 몬스터의 몸에서 나온 코어를 정제한 에너지를 주입받은 이들이었다.

초인 프로젝트는 오래전부터 미국이 비밀리에 진행하던 프로젝트 중 하나였다.

러시아가 고도의 훈련을 받은 특수부대원을 능가하는 초인을 비밀리에 양성한다는 첩보를 뒤늦게 입수하고, 그들이 연구하던 연구 일지를 빼돌려 연구하기 시작한 것이 그 시초다.

하지만 이 연구는 사실 실패로 끝나고 말았다.

프로젝트에서는 인간의 신체 한계를 극복하고자 하는 다양한 방법이 연구가 되었다. 수술을 통한 신체 개조나 약물을 이용한 근육의 증식 등 이론적인 가능성이 많은 것들을 시험해 보았지만 모두 실패했다.

신체 개조 같은 경우에는 육체가 개조한 신체 조직을 자신의 몸으로 인식하지 못하고 거부 반응을 일으키면서 개조 시험을 받았던 실험체가 전부 사망하고 말았다.

물론 일부 성공을 거두는 케이스가 아주 없던 것은 아니었지만, 성공을 했다고 해도 그저 거부 반응이 일어나지 않았다는 정도일 뿐이었다.

때문에 신체를 개조하는 실험은 폐기가 되고 일부 기술이 민간으로 이전되어 장기이식으로 알려졌다.

약물 실험의 경우는 더욱 끔찍한 결과가 나오면서 폐기가 되었다.

사실 이 실험은 절반의 성공을 거두었다.

절반의 성공에도 폐기를 할 수밖에 없었던 원인은 따로

있었다. 바로 실험에 참가했던 실험체들이 실험의 목적대로 초인이 되기는 했지만, 정신이상을 일으키며 실험실에 있던 다른 실험체나 연구원들을 공격했기 때문이었다.

연구원들은 산 채로 자신의 신체가 떨어지는 모습을 보며 죽어갔다.

이로 인해 실험에 참가했던 많은 연구원들이 죽어 더 이상 실험을 진행할 수도 없었다.

게이트 사태 이후 사장되었던 초인 프로젝트가 다시금 진행이 되었다.

몬스터를 상대로 특수부대도 별다른 성과를 보이지 못하자 각국의 지도자들은 자신들이 비밀리에 진행하던 초인 프로젝트와 비슷한 연구를 다시 진행하였다.

그렇게 진행된 초인 프로젝트의 결과로 몬스터의 뱃속에서 나온 에너지원, 즉 마정석의 에너지를 이용한 방법이 발견되었다.

그 이후 몬스터에 원한이 있는 사람이나 몬스터와 싸우고 싶어 하는 사람들이 실험에 지원하였고, 장기적으로는 그들이 헌터가 되었다.

지금 트롤을 사냥하고 전리품을 챙기고 있는 이들 와일드 독 중대원들은 미 육군이 뉴 어스 탐사를 위해 편성한 특수부대의 일원이었다.

세계에서 명성을 떨치는 미국의 특수부대 중에서도 고도의 훈련을 통해 양성한 이들 와일드 독 대원들은 하나하나가 일당백의 용사들이고 또 초인들이었다.

한참 트롤을 해체하던 이들은 갑자기 들리는 소리에 깜짝 놀랐다.

누군가 이렇게 가까이 다가올 동안 부대원 중 아무도 눈치를 채지 못했기 때문이었다.

더욱이 지금 다가온 존재가 아름다운 여성의 모습을 하고 있다는 것에 더 놀랐다.

"아가씨, 당신은 누군데 이 위험한 곳에 있는 거지?"

와일드 독의 중대장인 티모시 달튼 대위가 자신들 앞에 나타난 아름다운 여성을 향해 물었다.

한편 동족인 줄 알고 반갑게 인사를 하던 이브엘은 뭔가 잘못되었다는 것을 금방 알 수 있었다.

가까이 다가간 순간, 자신과 모습이 비슷하긴 하지만 그들의 모습에서 자신과 다른 부분을 찾아낸 것이다.

눈앞에 있는 존재들의 귀가 너무도 이상하게 생겼다.

저렇게 작은 귀를 가지고 무서운 몬스터가 다가오는 소리를 들을 수 있을까 의심이 들 정도였다. 그들은 더욱이 알아들을 수 없는 이상한 언어를 사용했다.

'동족이 아니야!'

이브엘은 그들이 깨닫고 더럭 겁이 났다.

베테랑 포레스트 가드도 쉽게 상대할 수 없는 트롤을 한꺼번에 네 마리나 잡은 이들이었다.

현재 자신은 혼자이고, 저들은 여덟 명인데다 강철 골렘까지 있다.

그런데 자신은 혼자뿐이고 더욱이 이곳은 경계 구역에서 한참이나 벗어난 곳이라 어른들에게 도움을 청할 수도 없었다.

"다, 당신들은 엘프가 아니군요. 당신들은 누군가요?"

비록 무섭고 떨리기는 했지만 이브엘은 겨우 정신을 붙들고 질문을 하였다.

하지만 서로가 언어가 통하지 않는다는 것을 알기까지는 그리 오래 걸리지 않았다.

티모시 달튼 대위는 눈앞의 아름다운 여성이 무슨 말을 하고 있는데, 전혀 생소한 언어가 들리자 고개를 갸웃거렸다.

분명 알아듣지는 못하지만 뭔가 규칙이 있는 소리였다.

그렇지만 위험한 숲속에서 언제까지 이렇게 있을 수는 없었다.

더욱이 지금 부대로 복귀를 해야 어둡기 전에 숲을 빠져나갈 수 있었다.

티모시 달튼 대위는 손짓 발짓을 하며 자신의 뜻을 전달했다.

이브엘은 일단 이들을 따라가 보기로 했다.

일단 이들을 따라가 이들이 어떤 존재인지 알아보기로 한 것이다. 자신의 실력에 대한 자신감이 크고 위기감이 없는 이브엘만이 할 수 있는 행동이었다.

Chapter 6
엘프들의 고민 II

조용하던 엘프 마을에 비상이 걸렸다.

이제 막 포레스트 가드가 된, 심지어 이제 갓 성인이 된 엘프가 실종이 되었다.

다행이라면 현장에 아무런 싸움의 흔적이 없는 것으로 보아 뭔가 호기심에 이끌려 자발적으로 자리를 이탈한 것으로 보인다는 것이다.

엘프 가드의 수장인 파마엘은 다른 가드들에게 주변 경계를 철저히 하라는 지시를 내렸다.

그리고는 일부 포레스트 가드들을 데리고 이브엘이 남긴 흔적을 따라 추적을 하기 시작했다.

그리고 얼마 지나지 않아 그녀가 엘프의 영역을 벗어나 몬스터의 대지로 들어간 것을 확인할 수 있었다.

그렇게 이브엘이 남긴 흔적을 따라 추적을 하던 파마엘과 엘프들은 또 다른 흔적을 발견하고 긴장하기 시작했다.

상당한 숫자의 몬스터들이 접전을 벌인 듯한 흔적이 숲 여기저기에 남아 있었던 것이다. 몬스터들을 처리한 듯한 의문의 무리가 남긴 흔적은 그들로서도 처음 보는 것이었다.

"대체 이게 뭐람."

파마엘은 한숨을 푹 내쉬었다.

발자국이나 주변 흔적을 보면 이곳에서 트롤 무리와 무언가가 전투를 벌인 것으로 보였다.

트롤과 전투를 벌인 무언가의 흔적은 지금까지 이곳 숲에서 단 한 번도 본 적이 없는 종류긴 했지만, 그 발자국이 자신들과 어딘가 비슷한 모양을 하고 있었다. 거기에 거대하고 이족 보행을 하는 무언가가 남긴 족적이 그녀와 함께 연결이 되었다.

그리고 그 가운데 이브엘의 흔적이 남아 있었다.

희한한 것은 이브엘의 발자국은 남아 있는데, 그것이 전투를 벌인 흔적이 아니라 이곳에서 몬스터와 전투를 벌인 의문의 무리와 함께 움직인 것 같다는 점이었다.

흔적을 살펴보면 이상한 무리들은 왔던 길을 다시 돌아가고 있었고, 그 가운데 이브엘이 섞여 있었다.

"대장님, 여기 흔적을 보면 아마도 트롤 무리와 전투를한 것 같습니다."

포레스트 가드 중 한 명이 현장에 여기저기 묻어 있는 몬스터의 혈흔을 보며 그렇게 소리쳤다.

이는 파마엘도 짐작한 내용이었다.

"그런데 여기 이 발자국들은 대체 무엇인지 알 수가 없습니다. 큰 발자국은 언젠가 본 적이 있는 골렘의 것으로 보이는데, 여기 작게 나 있는 발자국은 무엇일까요?"

그들이 알고 있는 상식으로는 도저히 알아낼 길이 없었다.

한편 추적에 대해 포레스트 가드 중 가장 뛰어난 능력을가지고 있는 카미엘의 보고에 파마엘은 미간을 모았다.

그 또한 그 발자국들의 주인을 알아볼 수가 없었기 때문이다.

언뜻 보기에는 자신들의 발자국과 비슷해 보이지만 자세히 보면 저 발자국은 엘프의 발자국이 아니었다.

엘프의 발자국은 저렇게 짙고 깊은 발자국을 내지 않는다.

엘프들은 숲의 기운을 받아 나뭇가지를 밟고 공중에서 이동을 하고, 지상을 걸을 때도 가볍게 스치듯 걷는다. 이렇게 진한 발자국은 생길 수가 없다.

그렇다고 오크의 발자국과도 미묘하게 달랐다.

오크들의 발자국이 저처럼 짙게 남는 편이지만, 오크들은 오래전 광기에 물들어 몬스터화되었다. 그들은 더 이상 신발과 같은 것을 만들어 신지 않는다.

하지만 현장에 남아 있는 발자국은 대체 무슨 재질인지 단단한 모양의 신발을 신고 있는 것이었다.

자신들처럼 이족 보행을 하며 저렇게 발자국을 남기는 다른 몬스터 중에서도 지능이 뛰어난 편이라 알려진 고블린도 신발은 신지 않는다.

엘프가 아니면서도 신발을 만들어 신을 정도의 지성을 가진 존재라면 지금으로부터 몇 백 년 전까지 자신들과 함께 몬스터에 대항해 전투를 했던 드워프족이 있다.

하지만 발자국은 드워프의 것도 아니었다.

드워프의 발자국은 그 생김새만큼이나 짧고 뭉툭하다. 하지만 지금 보는 발자국은 드워프의 발자국이라기보단 엘프의 것에 가까운 길고 작은 것이었다.

'정말로 살아남은 다른 동족들이 있는 건가?'

파마엘은 바닥에 있는 발자국을 물끄러미 바라보며 잠시 고민하다가 입을 열었다.

"일단 카프엘과 카리엘은 마을로 돌아가 엘님에게 지금 상황에 대해 보고 드려라."

"알겠습니다."

두 명의 엘프가 파마엘의 명령이 떨어지기 무섭게 자신들이 왔던 길을 되돌아 마을로 향했다.

그들이 떠나는 것을 확인한 파마엘은 대기를 하고 있는 다른 엘프들을 향해 명령을 내렸다.

"우린 계속해서 발자국을 따라간다."

골렘을 부리는 일단의 무리를 쫓아 뒤를 추적한 파마엘과 엘프들은 그들의 행선지가 숲 밖으로 이어진 것을 알고 일단 추적을 멈췄다.

엘프는 숲 밖으로 나가게 되면 자신들의 특기를 살리지 못하기 때문이다.

이 땅은 어느 곳이나 몬스터가 살고 있다.

그것이 숲이든, 아니면 숲 밖의 평원이든 말이다.

숲 안에서 몬스터를 만나게 되면 어떻게든 대응을 할 수 있지만, 숲 밖에서는 그럴 수가 없었다.

오랜 시간 몬스터와 전쟁을 하면서 엘프 고유의 능력들을 많이 상실했기 때문이다.

그나마 아직까지 식물과 감응을 하는 능력은 잃지 않았다.

위험에 처할 때면 주변에 있는 식물의 도움을 받아 위기를 모면하기도 했는데, 평원에서는 그러한 도움을 받을 만한 식물이 적다.

어떤 변수가 나올지 모르는 상황이니 함부로 움직일 수 없었다.

"일단 날이 밝을 때까지 기다린다. 곧 밤이니 몬스터들의 활동이 왕성해질 거야."

"알겠습니다."

더욱이 의문의 집단과 함께 움직이는 것으로 보이는 이브엘의 흔적은 뭔가 억압당해 강제로 움직이는 것 같지는 않았다.

한편 파마엘의 명령으로 마을로 돌아간 카리엘과 카프엘은 대장의 명령대로 자신들이 발견했던 의문의 발자국에 관해 엘프들의 수장인 엘에게 보고를 하였다.

엘프 마을에서는 오랜만에 모든 장로들이 모여 대회의가 열렸다.

"파시엘 장로, 자네는 그 의문의 발자국이 뭐라고 생각하나?"

장로 중 한 명이 자신의 옆자리에 앉은 파시엘 장로를 보며 물었다.

평소 엘프에게 전해지는 고서를 연구하는 일로 소일을 하는 파시엘 장로라면 알고 있는 것이 많으니 뭔가 답을 줄 수도 있겠다는 생각이었다.

파시엘은 두 엘프가 본을 떠서 가져온 족적을 살펴보았다.

엘프와 비슷하지만 다른 모양의 발자국을 낼 수 있는 존재들이 머릿속에 하나둘 떠올랐다가 지워졌다.

뭔가 머릿속에 떠올랐는데, 너무 오랜 기억이라 확실한 형상을 떠올리지 못하고 알 듯 말 듯했다.

"뭔가 생각이 난 것인가?"

"잠시 기다려 봐. 뭔가 생각이 날 듯 한데 자세히 떠오르지 않아."

파시엘은 자신을 재촉하는 장로의 물음에 잠시 그를 제지하며 생각에 골몰히 몰두했다.

그런 파시엘의 모습에 회의를 진행하던 엘은 물론이고 주변에 있던 엘프 장로들도 일제히 파시엘을 주시했다.

한참을 고민에 빠져 있던 파시엘은 뭔가 부정적인 표정을 지으며 중얼거렸다.

"그들은 이종족 중 가장 먼저 멸망을 했는데……."

의문의 발자국의 주인으로 생각되는 존재가 생각이 났다.

하지만 동시에 그것을 부정하고 싶은 생각도 들었다.

"뭔지 알게 되었나요, 파시엘 장로?"

한참 그를 주시하던 엘이 물었다.

"예. 하지만 그들은 아주 오래전 멸망하였습니다. 몬스터에 의한 멸망이 아닌, 욕망을 주체하지 못하고 자신들끼리 전쟁을 하다 자멸했다고 하는 것이 맞을 겁니다."

엘은 금방 파시엘의 생각에 대해 눈치챘다. 옆에 둘러앉아 있던 다른 장로들 역시 파시엘이 하려는 말을 눈치채고 고개를 끄덕였다.

"흠, 인간들이라고 생각하는 근거가 있나요?"

"다들 눈치채셨겠지만 발자국을 보면 신발을 신고 있습니다. 그것도 여러 명이 거의 흡사한 종류의 신발을 신고 있지요. 그것은 단순히 신발을 신는 지성체라는 걸 넘어서, 공산품으로 신발을 생산할 수 있을 정도의 문화를 가지고 있다는 뜻입니다."

파시엘의 말에 설득력이 있다는 듯 다른 엘프들이 고개를 끄덕였다.

"그 정도의 기술력이 있는 종족 중에서 저희 엘프들과 비슷한 발자국을 낼 만한 존재는 그리 많지 않습니다. 엘프의 발자국과 비슷하면서도 진한 발자국이라면 인간뿐이라고 생각합니다."

파시엘은 그렇게 자신이 발자국의 주인이 인간이라고 생각하는 이유를 설명했다.

"몬스터가 이 땅을 지배하게 된 원인은 멸망한 인간 때문입니다."

인간은 자신들의 욕망을 이룩하기 위해 건드려선 안 될 금기에 손을 대고 말았다.

인류 공통의 적인 마계의 존재에 심취하였고, 그들을 이 땅에 소환을 하려는 이들과 손을 잡았다는 것이다.

실제로 뉴 어스에 존재했던 많은 왕국들은 대륙 통일이란 이상에 심취해 수시로 전쟁을 했다.

그 과정에서 국력이 강한 나라와 약한 나라가 나눠지자, 강한 나라들은 더욱 강한 군대를 키워 주변국을 병합하려고 힘썼고, 약한 나라는 생존을 위해 군비 경쟁을 하면서 부족한 전력을 보충할 방법을 연구하였다.

일부 왕국은 돈이 많이 들어가는 타이탄을 개발하기보다 적은 예산으로 그에 버금가는 전력을 보유할 수 있는 금단의 방법에 손을 댔다.

바로 흑마법과 연금술이었다.

흑마법은 고대로부터 사악한 마계의 마법을 연구하는 학문이었기에 암암리에 이루어졌지만, 연금술은 왕족이나 귀족 등 위정자들의 후원을 받으며 발전하였다.

연금술은 그 이름처럼 금이 아닌 금속으로 금을 만들어내는 것을 연구하는 학문이다.

값이 싼 금속으로 귀금속인 금을 만든다는 것. 그 방법만 알아낸다면 앉은 자리에서 일확천금을 벌어들일 수 있을 것이다.

하지만 그런 방법은 없었다. 아니, 딱 한 가지 방법이 있기는 했지만 이는 배보다 배꼽이 더 큰 방법이었다.

그것은 바로 마법사의 돌이라 불리는 엘릭서를 만드는 것이다.

엘릭서는 고대로부터 전해지는 이름으로, 다른 말로는 마법사의 돌, 또 다른 말로 신의 눈물이라고도 불린다.

기적을 만들어내는 물질이기 때문에 엘릭서만 있다면 충분히 금을 만들어낼 수 있었다.

하지만 엘릭서를 만드는 방법은 남아 있지도 않았다. 엘릭서를 만드는 데 들어가는 재료만이 몇 가지 알려져 있을 뿐이었다.

100㎖의 엘릭서를 만들기 위해선 우선 1,000년 이상을 산 드래곤에게서 나온 드래곤 하트가 한 개 필요하고, 대사제 이상의 고위 신관의 축복을 받은 성수 1ℓ, 인어의 눈물 100ℓ, 1,000년 이상이 된 만드라고라의 뿌리 세 개, 그리고 8서클 이상의 마법사가 필요하다는 것이었다.

모든 것을 떠나서 드래곤 하트만 해도 구하는 것이 불가능에 가까운 재료였다.

다른 재료들도 마찬가지였다.

그나마 다른 재료들에 비해 쉽게 구할 수 있는 대사제급 신관의 축복을 받은 성수조차 10만 골드 이상이다.

전설의 종족인 인어의 눈물을 구하는 것이나, 1,000년 이상 된 만드라고라의 뿌리를 찾아내는 것도 불가능한 일인데, 8서클 마스터 마법사는 더욱 찾아보기 어려웠다.

아주 고대에 마법이 융성할 때에는 8서클이 아니라 그 위에 있는 9서클도 찾아볼 수 있었다고 하지만, 왕국 시절에는 8서클이 아니라 7서클조차 고위 마법사로 취급될 정도로 마법이 낙후되어 있었다.

그렇다고 연금술이 아주 쓸모없는 학문은 아니었다.

금은 아니었지만 연구를 통해 많은 합금들이 만들어졌고, 여러 가지 약들도 개발되면서 인간을 이롭게 하였다.

하지만 학문은 그것을 사용하는 사람의 의도에 따라 아주 사악한 일을 만들 수 있다.

일부 욕망에 이성을 잃은 연금술사가 일으킨 사건으로 인해 인류는 엄청난 고통을 받아야만 했다.

프란츠란 연금술사는 자신이 익힌 연금술로 자신의 조국을 강력한 왕국으로 만들 수 있다는 생각에 연구에 연구를 통해 그의 나라에 있는 풍토병을 더욱 강력한 병으로 만들어 주변국을 침략하는 데 사용하였다.

그리고 그 결과 끔찍한 재해가 발생했고, 많은 인간과 이종족들이 죽었다.

이러한 결과를 본 다른 연금술사들은 프란츠의 사례를 통해 교훈을 얻기보단 연금술이 가진 병기로서의 효용성에 눈을 뜨게 되었다.

결국 그들의 연구는 뉴 어스 인류 멸망의 길을 앞당기는 방아쇠가 되었다.

오래전부터 흑마법에 심취해 있던 마법사들 또한 프란츠의 병원균 증식에 아이디어를 얻어 연금술을 연구하기 시작한 것이다.

흑마법과 연금술의 만남은 인류 최악의 상황을 만들어냈고, 흑마법사가 연구한 사악한 질병은 결과적으로 인류를 멸종시키고 말았다.

아이러니한 것은 이러한 연구가 결국 흑마법사들 본인조차 죽게 만들었다는 것이다.

그런데 이곳 엘프의 숲에 또다시 스스로 멸망을 자초한 어리석은 인간들의 흔적이 발견되었다는 생각에 파시엘은 이를 부정하고 싶었다.

한쪽에 있던 장로 한 명이 입을 열었다.

"그 발자국의 존재가 인간이라고 확신할 수는 없는 일 아닌가? 더욱이 주변에 골렘의 발자국도 함께 보였다고 하던데."

"제가 인간이라고 확신하는 이유가 바로 골렘 때문입니다."

"응? 그건 무슨 소린가?"

파시엘의 말에 의문을 표했던 장로가 고개를 갸웃거렸다.

"골렘의 기원은 인간의 마법에 의해 만들어진 서번트로부터 시작됩니다."

장로들을 둘러보던 파시엘은 고대로부터 마법을 할 수 있는 종족들을 하나하나 열거하며 설명을 하였다.

"우리 엘프도 마법을 사용하기는 하지만 골렘과 같은 서번트는 만들지 않습니다. 그런 마법 자체가 우리에게는 없습니다. 그런 마법은 오직 인간과 드래곤만이 가지고 있는데, 마법의 주종인 드래곤은 이미 전설이 된 지 오래입니다. 설사 드래곤이 아직 존재한다 하더라도, 드래곤이라면 굳이 여러 기의 골렘을 제작하기보단 자신의 레어를 지킬 확실하고 강력한 골렘 하나를 만들 겁니다. 그 정도로 그들의 마법은 강력하기 때문입니다."

파시엘은 드래곤일 리가 없다는 듯 고개까지 저었다.

"반면 인간들의 골렘 마법은 무척이나 발달한 편이고, 그

종류도 아주 많습니다. 흙으로 만든 머드 골렘이나 돌로 만든 스톤 골렘 외에도 강철로 만든 아이언 골렘 등을 아주 많이 개발했고, 다루었죠. 여러분들이 이야기로만 들은 타이탄, 그것도 사실 골렘의 일종입니다."

파시엘은 자신이 읽은 서적에서 본 내용을 장로와 엘이 있는 곳에서 들려주었다.

그런 파시엘의 설명을 들은 장로들은 일제히 놀란 눈을 하고 그를 쳐다보았다.

사실 장로들 사이에서도 타이탄은 가끔 언급이 되는 이야기였다.

고전에 전해지는 타이탄은 무척이나 강력한 병기다.

타이탄에 탑승한 기사 열 명이면 1,500살 미만의 드래곤도 사냥할 수 있다는 기록도 있었기에, 장로들 중에선 타이탄만이 현재 엘프들이 처한 상황을 벗어나게 해줄 물건이라 생각하고 있는 이들이 적지 않았다.

방금 타이탄을 언급한 파시엘 장로 또한 그러한 생각을 하는 엘프 중 한 명이다.

"인간들 역시 완전히 멸망했던 것이 아니라 어딘가에서 우리들처럼 생존을 했다가 힘을 회복했다고 생각하시는 건가요?"

조용히 이야기를 듣고 있던 엘프의 수장인 엘이 조용히

물었다.

그런 그녀의 질문에 파시엘은 잠시 뜸을 들이다 대답을 하였다.

"그 발자국의 주인이 인간이 맞다면 그럴 겁니다."

파시엘은 더 이상 부정을 하지 않고 그렇게 대답을 하였다.

그가 생각하는 인간은 무척이나 위험하고 또 불안정한 존재다.

그런 존재가 골렘을 앞세워 엘프의 숲까지 들어왔다는 것은 그의 머리를 무척이나 복잡하게 만들었다.

현재 엘프들은 하루하루 몬스터와의 전쟁에서 힘겹게 생을 유지하고 있었다.

아직까지는 간간이 몰려오는 몬스터를 잘 막아내고 있지만 언제 다시 몬스터 웨이브가 시작될지 모른다.

더욱이 점점 몬스터 웨이브의 주기가 짧아지고 있다는 것이 그들을 불안하게 만들었다.

예전에는 몇 십 년에 한 번 꼴로 대규모 몬스터 웨이브가 발생했다.

하지만 최근에는 10~15년 주기로 발생하고 있었다.

한 세대에 한 번 내지 두 번 정도 겪던 몬스터 웨이브를 이제는 수십 번씩 경험하게 된 것이다.

이것도 몬스터 웨이브에서 목숨을 유지한 경우에나 가능했다. 첫 번째 몬스터 웨이브에 목숨을 잃는 엘프들도 많았다.

엘프들에게는 뭔가 특단의 조치가 필요했다.

최근에는 이곳 숲에 자리를 잡은 것을 알게 된 몬스터들이 수시로 공격을 해오고 있었다.

몬스터 웨이브처럼 무지막지한 숫자의 몬스터는 아니었지만 그래도 가끔 몇 백 마리가 쳐들어오기도 했다.

대부분이 오크처럼 저열한 몬스터였기에 충분히 포레스트 가드들 선에서 막아낼 수 있는 정도였지만 그렇다고 피해가 아주 없는 것도 아니었다. 이대로 계속 피해가 누적된다면 엘프들에게는 위기가 아닐 수 없었다.

엘은 눈을 감고 생각을 하기 시작했다. 그리고 잠시 후, 뭔가 결심을 한 것인지 파마엘 장로를 보며 명령을 하였다.

"그럼 일단 파시엘 장로가 가서 파마엘 일행에 합류하여 저들을 만나보세요."

"알겠습니다. 엘의 뜻을 받듭니다."

파시엘은 자리에서 일어나 고개를 숙이며 대답을 하였다.

"가실 때, 통역 반지를 가져가세요. 혹시나 저들과 말이

통하지 않을 수 있으니."

아주 오래전 엘프들 중 일부가 다른 종족과 만났을 때 사용하던 통역 마법이 걸린 아티팩트가 남아 있었다. 이를 지참해 가라는 것이었다.

많은 아티팩트들이 몬스터와 생존을 건 싸움 중에 소실이 되었지만 통역 반지가 아직까지 남아 있다는 게 다행이었다.

"알겠습니다."

이브엘의 실종과 인간으로 추정되는 발자국들이 엘프들이 생활하는 마을 인근에서 발견이 되면서 엘프 마을에 새로운 변화의 바람이 불고 있었다.

✝　　　✝　　　✝

파시엘은 오래전 엘프들이 이곳 이계로 넘어오기 전의 일을 떠올렸다.

그때의 이브엘도 이곳 산후안 연구소에 파견나온 엘프들을 보호하는 가드의 수장으로 온 이브엘과 크게 다르지 않았다.

엘프 같지 않은 엘프, 마치 인간처럼 호기심을 참지 못하고 그것을 꼭 해야만 직성이 풀리는 이브엘.

때문에 실질적으로 그녀의 일은 그다음으로 실력이 뛰어난 이엘이 하고 있었다. 정작 개인 수련이나 인간들의 훈련을 관찰하는 것으로 하루하루를 보내고 있는 이브엘이다.

그런 그녀의 눈빛이 심상치 않았다. 뭔가 사고를 치기 전의 그런 눈빛을 하고 있는 이브엘을 파시엘은 불안한 눈으로 지켜보았다.

"이브엘."

"네, 파시엘 장로님."

"제발 자제해 줄 수는 없는 것이냐?"

파시엘은 불안한 마음에 그녀가 사고를 치기 전 미리 주의를 주었다.

"제가 뭘요? 전 아무 짓도 하지 않았어요."

그녀는 파견나온 엘프들의 모든 행동을 총괄하는 파시엘 장로의 말에 불퉁하게 대답을 하였다.

그런 이브엘의 대답에 파시엘은 골치가 아파왔다.

나이를 먹어도 이브엘은 바뀌지 않았다.

엘프를 보호하는 포레스트 가드가 된 지도 벌써 수년이 지났지만, 아무리 엘프의 수명이 길기로서니 초보 포레스트 가드였을 때나 지금이나 하나도 바뀐 것이 없었다. 그것이 그를 더 불안하게 만들었다.

"어떻게 된 게 넌 너보다 어린 이엘보다, 아니, 인간들보다 천방지축인지 모르겠구나."

급기야 파시엘은 고개를 흔들며 그렇게 자신으로서도 감당이 되지 않는 이브엘을 보며 넋두리를 하였다.

그런 파시엘 장로의 이야기에 이브엘은 입술을 삐쭉 내밀었지만, 그것도 잠시, 눈을 반달 모양으로 뜨며 은근하게 파시엘 장로를 불렀다.

"장로님."

"또 뭔 소리를 하려고 그러는 게냐?"

파시엘은 살짝 진저리를 치며 물었다.

"그렇게 고민만 한다고 해서 문제가 해결이 되는 것은 아니잖아요."

"음……."

이브엘은 자신의 물음에 작게 신음성을 흘리는 파시엘 장로를 보며 자신의 생각을 피력했다.

"장로님, 차라리 그 한국이란 나라에 찾아가 저기 있는 타이탄을 만든 존재를 만나서 담판을 짓는 것이 좋지 않겠어요?"

이브엘은 눈을 동그랗게 뜨고 파시엘 장로를 직시하며 이야기하였다.

자신의 말이 맞지 않냐는 무언의 압박이었다.

그런 이브엘의 모습에 파시엘 장로도 부정하지 못하고 침묵했다.

그 또한 그녀의 말이 맞다는 것을 알고 있다.

하지만 그가 망설이고 있는 것은 자신들이 찾아간다고 해서 그가 순순히 자신들을 만나준다는 보장도 없고, 또 자신들을 보고 어떻게 반응할지도 알 수 없기 때문이었다.

오래전 이곳 미국이란 나라의 인간들도 자신들을 처음 보았을 때 얼마나 격한 반응을 했는가. 파시엘은 아직도 그 모습이 눈에 선했다.

그나마 다행인 것은 선조들에게 구전으로 전해지는 인간들과 이곳 이계의 인간들은 뭔가 조금 다르다는 것이었다.

자신들을 쳐다보면서 뭔가 몽롱한 표정을 하는 것이 이야기를 들은 인간들과 비슷하면서도, 그들을 대하는 태도를 보면 그렇게 후안무치한 존재들은 아닌 듯 보였다.

물론 이들과 협정을 맺은 지도 수년이 흘렀지만 아직까지 구전에 전해지는 것처럼 자신들을 잡아다 노예로 부리는 일은 없었다.

이곳 지구란 세상도 오래전에는 노예란 것이 있었다고 들었다. 하지만 그러한 제도는 이미 사라졌다고 했다.

처음에는 그 말을 곧이듣지 않았지만, 아직까진 별다른

사고는 없는 걸 보니 어느 정도 사실인 모양이었다.

파시엘은 조금은 안심했지만, 그렇다고 경계를 완전히 푼 것은 아니다.

인간들을 완전하게 믿기란 엘프인 그로서는 불안했다.

자신들을 보는 인간들의 시선에선 어떤 욕망이 느껴졌다.

그것이 비록 듣던 것처럼 사악하고 더러운 정욕은 아니었지만 그래도 그리 좋은 느낌은 아니었다.

앞에 있는 이브엘은 늙은 자신이 봐도 참으로 아름다운 여성 엘프였다.

이브엘의 인기는 이곳 산후안 연구소 내에서 단연 최고다.

하루에도 수시로 연구소에 있는 남자 연구원들은 물론이고 경비를 서는 경비원들조차 그녀가 지날 때면 한눈을 팔고 수작을 부린다.

엘프인 그로서는 인간들의 그런 이해할 수 없는 구애 행동이 적잖게 거부감이 들었다.

'음, 어떻게 한다. 그 말도 일리가 있는데.'

파시엘은 잠시 고민을 하다, 그녀가 사고를 치기 전에 원하는 것을 들어주기로 결정을 하였다.

자신이 막는다고 해서 그녀가 행동하지 않을 것도 아니고, 그녀로 인해 인간들의 시선이 자신들에게 주목이 되는 것도 피해야 한다.

그는 이브엘을 필두로 몇 명의 엘프를 한국이란 나라에 파견을 보내기로 결정을 하였다.

어떻게 그들이 타이탄을 만들어내는지, 그리고 타이탄을 만드는 마법사들은 얼마나 있고, 또 어느 정도의 수준을 가진 마법사인지 알아낼 요량이었다.

비록 이브엘이 마법을 수련한 것은 아니지만 마법의 수준을 보는 눈은 마법사들에 못지않게 뛰어나고, 그녀의 무력이라면 혹시 모를 상황에도 억압받지 않고 빠져나올 수 있을 것이란 생각도 들었다.

더욱이 그녀에게는 오리지널 타이탄이 있지 않은가.

인간들에게 타이탄에 관해 자세한 사항을 알려주진 않았지만, 같은 수준의 타이탄이라도 누가 탑승을 하느냐에 따라 큰 성능 차이를 보인다.

타이탄은 마스터의 마력을 증폭하여 운용하는데, 한계는 있지만 같은 수준의 타이탄이라면 뛰어난 타이탄 마스터가 탑승한 쪽이 무조건 유리했다.

실제로 타이탄이 개발이 되고 초기 성능 실험을 할 때, 이브엘은 자신들이 개발한 타이탄과 3대 1의 대결을 한 적이 있었다.

이브엘이 탑승한 오리지널 타이탄 티루스는 별다른 피해

없이 승리를 거두었다.

물론 티루스는 워리어급 타이탄이고, 자신들이 개발에 성공한 타이탄은 마법진의 해석 능력이 떨어져 솔저급이 된 타이탄이다.

하지만 양쪽 모두 증폭된 마력의 양에서는 그리 많은 차이가 없다.

그럼에도 이브엘이 탑승한 티루스는 타이탄 3기를 시종일관 압도하는 모습을 보여주었다.

처음에는 자신들이 티루스를 제대로 카피를 하지 못한 것은 아닌가 하는 생각을 하였다.

그런데 이브엘은 자신들이 개발한 타이탄에 탑승해 비슷한 실험을 했을 때도 여러 대의 타이탄을 상대로 승리를 거두었다.

그것을 본 파시엘은 타이탄의 등급도 중요하지만 타이탄에 탑승을 하는 타이탄 마스터의 능력도 중요하다는 것을 알게 되었다.

그 뒤로 파시엘은 이브엘이 최대 몇 기의 타이탄까지 상대가 가능한지 실험을 해보기도 했다.

결과는 놀라웠다.

이브엘이 운용하는 티루스가 자신들이 개발한 솔저급 타이탄을 최대 일곱 기까지 대적할 수 있다는 것이 밝혀진 것이다.

이어진 실험을 통해 실제 전투가 엘프가 최대의 힘을 발휘하는 숲에서 이루어지고 있다고 가정한다면, 어쩌면 열 기까지도 충분히 상대가 가능하다는 결과가 나왔다.

물론 그 숲이 지구가 아닌 고향인 뉴 어스의 숲이어야 한다는 전제 조건이 필요하겠지만 말이다. 뉴 어스의 엄청난 크기를 자랑하는 나무들이라면 10m나 되는 거대한 타이탄도 모습을 감출 수 있을 것이다.

엘프들의 전투 기술이 갖고 있는 특징을 잘 살려 숲을 이용해 치고 빠지는 게릴라전을 펼친다면 이브엘은 혼자서 열기의 타이탄을 충분히 상대할 수 있다.

이런 엄청난 실력을 가진 그녀이기도 하니, 한국에 파견을 보낸다고 해서 그녀가 위험해질까 하는 걱정은 들지 않았다.

다만 그녀가 칠지 모르는 사고가 불안한 것이다.

아직 엘프들은 자신들을 지킬 힘을 충분히 갖추지 못했다. 지금은 자중해야 할 때다.

이런 마당에 그녀가 사고를 쳐서 무슨 일이라도 생기면 더 큰 문제였다.

"그럼 네가 다른 엘프 두 명과 함께 한국이란 나라에 다녀와라."

파시엘은 마지못한 얼굴로 말했다.

"장로님, 그 말 정말이세요? 제가 다녀와도 돼요?"

한국에 가보고는 싶었지만 명목상 자신은 이곳 산후안 연구소에 파견된 엘프를 지키는 임무를 받은 엘프 가드의 대표다.

물론 실질적인 임무는 이엘에게 떠넘긴 지 오래지만 대놓고 떼를 쓸 수는 없었는데, 장로인 파시엘이 갑자기 허락하자 그녀는 믿지 못하겠다는 듯 물었다.

"다른 사람을 보낸다고 해도 어차피 그 엘프를 지킬 가드도 파견을 해야 하니, 네가 따라나설 것이 아니냐."

"헤헤."

사실이었다.

그녀는 파시엘 장로 몰래 파견되는 가드를 협박해서 그 자리를 꿰차려고 궁리하고 있었던 것이다.

"제발 당부하는데 사고만 치지 마라. 타이탄을 만들 정도의 마법사가 있는 나라다."

파시엘이 정색을 하며 말했다.

그러자 이브엘은 조금 전까지와는 다르게 표정을 굳히며 대답을 하였다.

"알겠습니다, 장로님!"

하지만 흥분으로 심장이 두근거리고 있었다.

파시엘 장로도 주의를 단단히 주기는 했지만 입가를 실룩이는 이브엘을 보며 속으로 한탄을 하였다.

'하, 이게 바로 신의 실수지…….'

신의 실수로 인간이나 고블린으로 태어나야 할 영혼이 엘프로 잘못 태어난 것이 아닌가 하는 생각이 들었다.

한편 파시엘 장로와 이야기를 마친 이브엘은 자신을 보좌하는 이엘을 보며 소리쳤다.

"이엘, 너도 들었지! 내가 없는 동안 이곳을 잘 지키고 있어!"

"……."

이엘은 한껏 들뜬 이브엘의 말을 들으면서 표정을 굳혔다.

사실 그도 한국이란 나라에서 타이탄을 만들었다는 이야기를 듣고 호기심이 생겼던 것이다.

자신도 기회가 되면 한번 가보고 싶었다.

어떻게 타이탄을 만들었기에 많은 숫자의 엘프들이 동원되어 오랜 연구 끝에 만든 타이탄 보다 더 뛰어난 타이탄을 만들게 되었는지 궁금했다.

하지만 그 기회는 앞에 있는 이브엘에게 홀랑 넘어가 버리고 말았다.

그는 기뻐하며 자신에게 자랑을 하는 이브엘에게 대답을

하지 않고 침묵으로 응대한 것이다.

　그것도 모르는 이브엘은 계속해서 자신만의 생각을 떠들고 있었다.

Chapter 7
생각지도 못한 손님

헌터 협회 과장인 최무식은 인천공항에 나와 누군가를 기다리고 있었다.

헌터 협회 과장 정도 되는 위인이 누군가를 맞이하기 위해 공항에 나와 있는다는 것은 뭔가 조금 이상하게 보일 수도 있지만, 오늘 헌터 협회로 오는 손님들이 그만큼 중요한 손님이었다. 그가 직접 대리 한 명을 데리고 마중을 나온 것은 그래서였다.

"잘 들고 있어."

최무식은 자신의 옆에 서서 플랜카드가 잘 보일 수 있게 들고 있는 김효원 대리에게 소리쳤다.

"예, 예!"

최무식 과장의 말에 김효원 대리는 얼른 대답을 하며 플랜카드가 잘 보일 수 있게 똑바로 들고 게이트 문이 열리기를 기다렸다.

이미 미국에서 오는 비행기가 들어왔다는 안내가 나온 지 조금 되었다.

막 최무식 과장이 다시 한 번 김효원 대리에게 뭐라고 말을 하려고 할 때, 게이트 문이 열리고 미국에서 들어오는 승객들이 쏟아져 나왔다.

"과장님, 게이트가 열렸습니다."

김효원 대리의 말에 막 뭐라고 하려던 그는 재빨리 고개를 돌려 사람들이 쏟아져 나오는 게이트를 주시했다.

그러나 자신의 앞을 지나가는 탑승객 중 한 명도 자신들 앞에 다가오는 사람이 없었다.

게이트는 모든 승객을 쏟아내고 이제는 제 할 일을 마쳤다는 듯 굳게 닫혔다. 어찌된 일인지 자신들이 마중해야 할 손님이 나타나지 않은 것이다.

"김 대리."

"예, 과장님."

"분명 방금 미국발 비행기에서 나오는 승객들 다 지나갔지?"

"예, 그런 것 같습니다."

김효원 대리는 자신 없는 투로 대답을 하였다.

"아, 정말! 어떻게 된 거야! 협회에 전화해 봐."

최무식이 머리를 벅벅 긁으며 짜증스럽게 말했다.

혹시나 자신들이 보지 못하고 손님들을 그냥 지나치게 만들었다면 그것도 큰일이었다.

미국에서 오는 손님은 무척이나 중요한 존재였다.

다른 곳도 아니고 청와대에서 특급으로 모시도록 연락이 온 것이다.

원래 정부에서 의장을 치러야 하겠지만, 상대방 측에서 한국 헌터 협회와 몬스터 산업과 관련된 우수한 기업들을 방문하고 싶다는 말에 헌터 협회가 나서게 되었다.

그런데 손님을 맞이하러 나온 자신들이 그들의 행방을 놓쳐 버린 것이다.

이것은 나중에 문제가 될 것이 분명했다.

라인을 잘못 서서 벌써 몇 년째 과장에서 승진을 못하고 있는데, 또 이렇게 큰 실수를 저질렀으니 최무식은 자신의 앞날이 너무도 갑갑했다.

✝   ✝   ✝

웅성웅성.

드워프 마을 광장, 많은 드워프들이 모여 마을의 은인, 아니, 드워프족의 은인이라고 할 수 있는 정진이 떠나는 것을 배웅하기 위해 나와 있었다.

올 때는 슈인켈 한 명과 왔지만, 돌아가려고 하는 지금은 슈인켈을 포함한 다섯 명의 인원이 정진과 함께 여행을 떠날 채비를 하고 입구에 나와 있었다.

"정진, 여기 있는 모든 드워프들을 대신해 고맙다는 말을 하고 싶다."

임시 족장이자 경비대 대장을 겸직하고 있는 파이어 해머는 떠나는 정진의 손을 잡으며 그렇게 말을 하였다.

평소 그런 말을 잘 하지 않는 파이어 해머이기에 정진에게 고맙다는 말을 하면서도 마치 꽃다운 처녀처럼 부끄러움에 얼굴을 붉히고 있었다.

"하하! 대장, 뭘 그렇게 부끄러워하고 그래! 당연한 말을 한 것인데! 정진, 정말로 고맙다. 그리고 이것⋯⋯."

드리텐은 입고 있는 드워프용 매직 슈트의 가슴 부위를 쳐 보였다.

탕! 탕!

"정말 고맙다."

아닌 게 아니라 지금 드워프 경비대에 속해 있는 성인 드워프들 대부분은 모두 드리텐이 입고 있는 아머를 착용하고 있었다.

지금 입고 있지 않은 드워프들도 집에 모두 같은 매직 아머를 보관해 놓고 있다.

만약 몬스터가 몰려올 때, 경비대의 힘만으로 몬스터를 막아내기 힘들다는 판단이 들면 그들은 집에 보관해 둔 매직 아머를 착용하고 마을을 지키기 위해 용감히 싸울 것이다.

다만 그렇게 되려면 일단 정진이 드워프 마을 주변에 설치해 준 결계가 무너져야 하고, 그다음으로 성벽에 새겨 준 방어 마법진이 무너져야 하고, 매직 아머를 장비한 드워프 경비대만으로는 마을을 지킬 수 없는 지경까지 가야 한다.

거의 가능성이 없는 일이었지만 만에 하나라는 것이 있기에 드워프들은 각자 자신이 쓸 매직 아머를 만들었다.

자신들이 사용하지 않더라도 나중에 드워프들이 번성해 새로운 아이들이 생기면 경비대 인원도 늘어날 것이다. 갑옷이 파괴되지 않는 이상 반영구적으로 대대손손 사용할 수 있는데 만들지 않을 이유가 없었다.

이는 순전히 드워프 경비대원 하나가 슈인켈이 착용하고 있던 매직 아머를 보며 부러워하던 것에서 촉발된 일이었다. 슈인켈은 자신의 매직 아머를 보며 부러워하는 경비병들이 어떻게 매직 아이템을 가지게 된 것인지 질문을 해오자 정진이 자신의 안전을 위해 특별히 만들어준 것이라 말을 하였다.

그런 슈인켈의 이야기를 들은 드리텐은 그 이야기를 경비대장인 파이어 해머에게 전달을 했고, 파이어 해머가 정식으로 한참 마을의 방어 시스템을 건설하고 있던 정진에게 부탁을 하게 되었다.

정진은 지금 하는 마을의 방어 마법진을 구축하는 것도 중요하지만, 사냥이나 채광을 하던 드워프들이 혹시나 드래곤 산맥을 돌아다니다 몬스터에 의해 해코지를 당할 수 있다는 말에 경비대원들의 아머를 매직 아머로 바꾸어주었다.

그러자 이 소식을 들은 다른 드워프들도 앞다퉈 자신들도 매직 아머를 만들어달라는 주문을 하였다.

물론 공짜는 아니었다.

드워프들은 매직 아머를 받는 대가로 그동안 몬스터를 막아내면서 얻은 마정석과 채굴을 하여 모아두었던 철괴, 미스릴괴를 대가로 주었다.

드워프들은 정진이 만든 드워프 전용 매직 아머에 특히 폭발적인 관심을 보였다. 정진은 그 외에도 대가로 몇 가지 필요한 물건들을 만들어 달라고 하기도 했는데, 이는 전적으로 로난의 조언을 받아 주문한 것이었다.

정진이 드워프에게 주문한 것은 바로 타이탄의 부속이었다. 이곳에서만 구할 수 있는 미스릴을 이용해 타이탄에 들어가는 주요 부속을 만든 것이다.

타이탄은 심장인 엑시온에서 타이탄 마스터의 마력을 증폭하여 몸 전체에 흘려보내는 것으로 기동을 한다.

이때 아무리 마감 처리를 잘해도 타이탄 기체의 끝부분으로 갈수록 증폭된 마력이 중간에 소실된다. 이는 타이탄의 신체를 이루는 합금의 마력 전도율 때문에 이루어지는 손실과 또 타이탄의 관절 부위를 지나면서 소실되는 마력으로 나눌 수 있다.

이중 가장 마력의 손실이 큰 것은 다름 아닌 관절 부위에서 발생하는 손실이었다.

관절 부위는 어떻게 만들든 아예 끊어지는 부위가 발생해야 하기 때문이다.

관절과 관절 사이의 공간에서 소실되는 마력은 금속 저항에 의한 손실보다 더 크다.

더욱이 지구에서 개발된 타이탄들은 아무리 몬스터의 뼈나 갑각과 철을 합금하여 사용했다고 해도 미스릴 합금으로 만들어진 오리지널 타이탄에 비해 마나 저항이 높을 수밖에 없었다. 결국 마력의 소실이 오리지널보다 더 심하다는 것이다.

로난은 마침 드워프를 만났으니 그들에게 타이탄의 마력 손실이 가장 커지는 부분의 부속을 그들에게 만들어 달라는 주문을 하라고 말했다.

드워프를 도와주기 위해 이곳에 왔는데, 그런 일을 시킨다는 것이 못내 마음이 편한 것은 아니었다.

물론 정진도 100% 순수한 마음으로 온 것은 아니지만, 마을 주변에 결계를 쳐주고 또 성벽에 방어 마법진을 설치해 준다는 것은 드워프들의 생명과 직결되는 일이다.

그런데 그 대가로 귀중한 자원인 미스릴로 타이탄의 관절을 만들어달라고 부탁을 한다는 것이 마치 거래를 하려고 온 것처럼 비춰져 껄끄러웠다.

하지만 드워프들이 먼저 드워프용 매직 아머를 만들어 달라고 하기도 했고, 그 대가로 드워프들에게도 중요한 자원인 미스릴괴를 주겠다고 제안하기도 해서 조금은 마음을 편하게 먹을 수 있었다.

불감청이면 고소원이라고 했던가.

정진의 부탁에 드워프들은 성심성의껏 정진이 그려준 설계에 따라 타이탄의 관절을 만들어 주었다.

정밀 기계도 없었지만 드워프들은 한 치의 오차도 없이

거대한 타이탄의 관절을 만들었다.

사실 미스릴괴만 가져가서 지구에서 공작 기계를 이용해 타이탄의 관절을 만들 수도 있었다.

하지만 지구의 공작 기계로 미스릴을 가공할 수 있는지가 일단 의문이었다.

미스릴 합금을 가공해 본 적은 있지만 당시 공작 기계가 미스릴 합금을 얼마 연마하지도 못하고 바이스가 부러지거나 마모가 되는 바람에 상당히 애를 먹어야 했다.

결국 정진은 미스릴을 가공할 줄 아는 드워프들에게 타이탄 부속을 만들어달라고 부탁하라는 로난의 지시가 옳았음을 인정할 수밖에 없었다.

현재 정진의 아공간 안에는 그렇게 생산한 타이탄의 관절이 10기 분량 들어 있었다.

그것도 합금이 아닌 100% 순수한 미스릴로 만들어진 관절이 말이다.

타이탄이 성행하던 왕국 시절에도 그 가격 때문에 100% 순수 미스릴로 만들어진 타이탄의 관절은 없었다.

그런데 로난이 욕심을 부려 합금이 아닌 100% 순수 미스릴로 관절을 만들어 버린 것이다.

사실 로난은 욕심 같아서는 다른 부속들도 100% 미스릴로 만들고 싶었다.

하지만 그렇게 되면 타이탄 한 기를 만들 분량도 되지 않기에, 어쩔 수 없이 관절만 10기 분량을 만들게 되었다.

아마도 정진이 아케인 클랜으로 돌아가게 된다면 기존 간부들의 타이탄을 이 관절로 교체하는 작업이 진행될 것이다.

마스터의 역량에 따라 그 성능이 크게 좌우되는 만큼 더 실력이 뛰어난 사람들부터 교체받을 것이다.

"그동안 고생을 하셨습니다."

"자네도 고생 많았네. 다음에 또 봤으면 좋겠군."

파이어 해머는 마지막 인사를 하는 정진을 향해 말했다.

그는 날로 안정을 되찾는 드워프 마을을 보며 그가 언제까지나 이곳에 머물렀으면 싶기까지 했다.

하지만 정진도 한 단체의 수장이라는 것을 알고 있기에 이제 그만 그를 보내줘야 할 때임을 알고 더 이상 붙잡지 않았다.

"다음에는 저희 클랜원들도 함께 오겠습니다. 그때가 되면 드워프들이 이곳만이 아닌 드래곤 산맥을 벗어나 더 넓은 세상으로 활보할 수 있게 해드리겠습니다."

"그래, 말만이라도 고맙군."

파이어 해머가 너털웃음을 지었다.

"그때까지 건강하십시오."

"저들을 잘 부탁하네."

파이어 해머는 그와 함께 마을을 떠나는 다섯 드워프를 바라보며 말했다.

슈인켈을 비롯한 다섯 명의 드워프들은 이미 자신들의 가족과 친척들, 그리고 친구들에게 작별 인사를 마치고 파이어 해머와 정진의 이야기가 끝나길 기다리고 있었다.

마지막 인사를 끝내고 나온 정진은 자신을 기다리고 있는 타라칸에게 다가갔다.

드워프 마을에 도착을 한 뒤 한 달이 넘게 지내는 동안 타라칸은 드워프 마을이 아닌 이곳 성벽 밖에서 생활하였다.

아무리 타라칸이 안전하고 정진의 가디언이라고 해도 처음 그 거대한 레피드 타이거의 모습을 기억하는 드워프 일부가 불안해했기 때문에 마을 안까지는 들어올 수 없었던 것이다.

툭! 툭!

"기다렸지? 이제 돌아간다."

그릉!

정진이 자신의 몸통을 두들기자 타라칸은 작게 그르릉거리며 정진의 손을 핥았다.

8m가 넘어가는 거대한 레피드 타이거의 울음소리가 들리자 몇몇 드워프는 몸을 부르르 떨었다.

그들이 보기에 그 모습은 마치 타라칸이 정진을 맛보려는 행위 같았기 때문이다.

그러거나 말거나 정진은 타라칸을 지나쳐 한 달 전 왔던 길을 다시 돌아가기 시작했다. 그 뒤로 타라칸과 다섯 드워프가 움직였다.

마을의 드워프들은 성벽 위에서 그들이 숲속으로 들어가 안 보일 때까지 배웅을 하였다.

† † †

뉴 베를린을 떠나 드래곤 산맥으로 들어왔던 길을 거슬러 나온 정진과 드워프 일행들은 드래곤 산맥을 벗어나 평원에 도착을 하였다.

이미 해는 떨어지고 날이 어두워졌기에 더 이상 이동하는 것을 중단하고 이곳에서 하루 야영을 하기로 했다.

드래곤 산맥에서도 그랬지만 챔피언급 몬스터인 타라칸이 있기에 따로 몬스터에 대한 조치를 취하진 않았다.

그저 간단하게 불을 피워 저녁을 만들어 먹고, 준비한 텐트와 침낭을 이용해 잠자리에 들었다.

— 정진!

"왜?"

정진은 잠을 자려다 로난이 갑자기 말을 걸자 한숨을 내쉬었다.

— 궁금한 것이 있다.

"궁금한 것? 그게 뭐지?"

— 굳이 왔던 곳으로 돌아가야만 하는 건가?

"그럼 그렇게 가지, 어떻게 간다는 거야?"

정진은 로난의 질문에 의아한 생각이 들어 물었다.

그런 정진의 질문에 로난은 다시 질문을 하였다.

— 너도 이 땅이 하나의 대륙이란 것은 알고 있지 않나.

"알고 있지, 그런데?"

— 그런데라니. 굳이 멀리 돌아가려 하니 물어보는 것이다.

알면서 멀리 돌아가며 시간을 낭비할 필요 없지 않냐는 뜻이었다.

뉴 베를린 게이트로 돌아가려면 또 한참을 이동해야 한다. 가장 가까운 게이트로 나가는 것이 훨씬 빠른 게 사실이었다.

올 때는 드워프들의 마을이 정확히 어디 있는지 몰랐으니 슈인켈의 안내에 따라 왔다고 해도, 갈 때까지 똑같은 루트를 밟을 필요는 없었다.

정진은 한동안 대답을 하지 못했다.

그렇다고 할 말이 없는 것은 아니었다.

뉴 어스가 하나의 대륙이란 것은 정진도 알고 있다.

스승인 제라드에게 교육을 받기도 했고, 또 로난을 만났던 던전에 남아 있던 왕국 시대의 자료를 통해서도 확인한 상식이었다.

하지만 지금은 왕국 시대 이후 천 년 이상이 흘렀다. 몬스터가 세상을 지배하면서 많은 문명의 흔적이 사라지기도 했다.

거기에 대규모 전쟁으로 인해 지형도 많이 바뀌어 있었다.

게이트는 뉴 어스 곳곳에 중구난방으로 존재한다. 어디가 어딘지 알 수 있을 리 없었다.

"우리나라가 보유한 게이트가 있는 장소를 모르니 어쩔 수가 없다."

— 드래곤 산맥의 위치를 알게 되었으니 이제 네가 살고 있는 나라에 있는 게이트가 어디에 있는지 알 수 있다.

"그게 정말이야?"

정진은 로난의 말에 깜짝 놀라 눈을 동그랗게 떴다. 방금 전 로난이 한 이야기는 결코 가볍게 넘길 이야기가 아니었다.

아직 밝혀지지 않은 부분이 더 많은 미지의 땅인 뉴 어스에서 자신의 위치가 어디인지 정확히 알 수 있다는 것은 커다란 무기가 될 수 있었다.

자신에게는 이제 뉴 어스에서 안전하게 활동을 할 수 있는 거대 도시를 건설할 수 있는 방법도 있고, 또 몬스터를 확실하게 잡을 수 있는 무기와 전력도 있다.

물론 부족한 것도 있기는 하지만 그건 차차 꾸려 가면 된다.

뉴 어스의 대략적인 지형에 대한 정보도 알 수 있다면 막말로 뉴 어스에 나라를 건국할 수도 있었다.

지구와 뉴 어스를 연결하는 게이트의 위치를 알게 된다면 그것들을 통해 할 수 있는 일은 무궁무진하게 많았다.

아직도 뉴 어스의 지형은 알려진 것이 그리 많지 않다.

단순히 드래곤 산맥의 위치와 대한민국이 보유한 뉴 평양, 뉴 서울 그리고 뉴 대전 게이트의 위치를 알게 되었다로 끝날 이야기가 아니다.

그동안 정진은 아케인 아카데미에 보관되어 있는 뉴 어스에 대한 정보와 로난을 만난 던전에서 수거한 자료들을 통해 뉴 어스의 크기나 생김새에 대해 파악해 놓고 있었다.

하지만 방향을 판단할 기준이 되는 자신의 위치를 알지 못했기에 이러한 정보를 제대로 활용을 하지 못하고 있었는데, 로난의 이야기로 인해 이제는 그것들을 활용할 방법이 생긴 것이다.

— 내가 있던 연구소는 이곳 드래곤 산맥에서 남쪽으로 300km정도 더 내려가 남서쪽으로 뻗은 헤즐링 산맥에서 위치해 있었다. 그리고 거기서 다시 서쪽으로 80km 정도 더 가면 네가 말하는 뉴 서울 게이트가 나온다.

정진은 로난의 이야기를 듣고는 눈을 반짝였다.

비록 지금은 뉴 서울의 위치를 알게 된 것이지만, 조금만 더 노력을 하면 뉴 대전의 위치도 정확하게 알 수 있을 것이다.

이렇게 하나하나 뉴 어스에 있는 게이트의 위치를 알게 된다면 자신의 계획을 조금 더 빠르게 진행을 할 수 있을 것이다.

더욱이 이제는 드워프의 도움을 받을 수도 있다.

"그래, 그럼 우리가 왔던 뉴 베를린이 아니라 네 말대로 뉴 서울 게이트로 가는 것이 더 빠르겠다."

— 그렇지, 어서 빨리 돌아가서 드워프 마을에서 가져온 그것을 사용해 타이탄을 개량해 보고 싶다.

"하하하!"

정진은 로난의 이야기를 듣고는 실소했다.

결국 로난의 말은 빨리 돌아가 타이탄을 만들고 싶다는 소리였다.

새롭게 우수한 타이탄의 부속이 확보가 되었으니 그것이 지금 만들어진 타이탄의 성능 향상에 얼마나 기여하는지를 알고 싶다는 거였다.

"알았다. 이젠 드워프들도 있으니 조만간 미스릴 광산도 찾아낼 수 있을 것이다. 그렇게 되면 지금처럼 몬스터 뼈와 철을 합금할 필요 없이 미스릴 합금을 이용해 타이탄을 만들 수도 있을 것이고, 생각보다 많은 미스릴이 생산된다면 합금이 아닌 순수 미스릴만으로 타이탄을 만들 수도 있을 거야."

정진은 자신이 어떤 말을 해야 로난이 관심을 가지고 기뻐하는지 알고 있었다.

— 미스릴은 마나나 마력의 전도율이 좋지만, 현재 만들고 있는 워리어급 타이탄을 합금이 아닌 순수한 미스릴로만 만드는 건 자원 낭비일 뿐이다. 적어도 챔피언급 타이탄은 되어야 제대로 된 타이탄이라 할 수 있지.

그러자 로난은 짐짓 별거 아니란 투로 말을 하고는 조용해졌다.

드워프 마을에 있을 때만 해도 순수 미스릴로 타이탄을

제작하고 싶어 난리를 피워놓고 이제 와서 그것이 자원 낭비라니 정진으로서는 기가 막힐 수밖에 없었다.

"그래. 자원 낭비를 하면 안 되지."

잠시 그가 봉인되어 있는 목걸이를 쳐다보던 정진은 로난이 더 이상 대답이 없자 조용히 눈을 감았다.

피곤하여 감기는 눈꺼풀을 지탱할 힘이 없었기 때문이다.

✝   ✝   ✝

대한민국 헌터 협회장인 이기동은 미국에서 온 손님으로 인해 무척이나 골치가 아팠다.

단순한 손님도 아니고, 비공식이지만 정부에서 국빈의 자격을 부여한 손님이었다.

더욱이 이들의 정체를 알고 나서는 어떻게든 이들에 관한 정보를 숨기기 위해 특별 관리를 해야만 했다.

물론 이들도 나름대로 자신들의 정체를 들키지 않기 위해 위장을 하고 있었다. 감쪽같이 위장한 탓에 마중을 나갔던 헌터 협회 직원들이 엘프들을 지나칠 뻔하기도 했다. 하지만 이기동은 그래도 혹시 모르는 일이라고 생각했다.

뉴 어스의 던전이 발굴되고, 또 문명과 관련된 여러 가지 유물과 아티팩트, 그리고 타이탄 부속 등이 발견이 되면서 뉴 어스에 인류 같은 지성체가 있었다는 것은 알고 있었다.

하지만 뉴 어스의 문명은 오래전에 멸망했고, 뉴 어스를 연구하는 학자들 사이에서는 그것이 몬스터와의 경쟁에서 뒤쳐졌기 때문이며 더 이상 문명을 이룰 만한 지성체가 남아 있지 않다는 것이 정설이었다.

물론 몬스터 중에 오크나 고블린 등 몇몇 개체는 그들만의 집단 생활을 하고 또 문화가 있는 듯했지만 몬스터들의 생태는 문명이라 부를 가치가 없다고 주장하였다.

그렇지만 이는 너무 위험하기에 감히 연구할 엄두를 못 내고 있는 학자들이 자신들의 두려움을 숨기기 위한 억지에 불과했다.

실제 오크들은 비록 몬스터로 분류가 되어 있지만 그들만의 문명 같은 것을 가지고 있었다.

어떤 오크들은 헌터들을 습격해 습득한 무기를 사용하기도 하고, 또 어떤 오크는 원시인들이 만들어 사용했던 돌도끼나 나무를 깎아 만든 클럽을 들기도 했다.

조잡하기는 하지만 자신들이 사냥한 몬스터의 가죽을 이용해 의복을 만들어 입고 다니기도 했다.

그것만 봐도 오크들이 단순한 몬스터가 아니란 것은 분명

했지만, 학자들은 그런 오크의 모습을 그저 약탈에 의한 이용 정도로만 치부하고 인정하지 않았다.

이런 것이 몬스터에 원초적인 두려움을 가지고 있는 일반인들에게 더 큰 두려움을 심어줄 수 있다고 생각한 것이다.

헌터 협회 회장이라고 하지만 이기동이 뉴 어스에 관해 알고 있는 것이라고는 일반 헌터들이 알고 있는 것 이상도 이하도 아니었다.

그런데 그 고정관념이 하루아침에 무너졌다.

미국에서 찾아온 그들은 무척이나 아름다운 모습을 하고 있었다.

영화배우나 탤런트들도 이들의 미모에는 비길 수 없을 정도로 아름다운 이들이었다. 이미 불혹을 넘어 쉰이 다 된 이기동까지 가슴이 떨릴 정도였다.

그들이 신화나 소설, 게임 등에 등장하는 엘프란 이야기를 듣고 저도 모르게 고개를 끄덕였을 정도였다.

그동안 이들에 관한 정보가 어떤 곳에서도 흘러나오지 않은 이유도 알 수 있었다.

미국은 오래전부터 이들의 존재를 알고 있었으며, 이들과 어떤 협정을 하고 교류를 했을 것이 분명했다.

이전부터 미국이 만들어내는 최첨단 대몬스터 병기에 관

해 의구심을 가지고 있던 이기동은 어떻게 미국이 그런 독보적인 대몬스터 병기들을 만들어낼 수 있었는지 깨달았다.

현재 몬스터 산업이 가장 발달한 곳은 게이트가 처음 발생한 미국이었다.

몬스터의 몸속에서 나오는 마정석을 활용한 것 역시 미국이 최초였다.

그 때문에 세계 각국은 미국에 많은 로열티를 물어가며 마정석 정제술과 각종 대몬스터 산업 기술들을 사용하고 있었다.

그는 이제야 그것들이 모두 뉴 어스의 엘프들과 손을 잡았기에 가능한 일이었다는 것을 알 수 있었다.

처음 이 사실을 알았을 때 이기동은 화가 나기도 했다.

만약 뉴 어스의 엘프에 대한 정보가 진작에 공개되었다면 인류가 이렇게 많은 피해를 입지 않아도 되었을 것이란 생각이 들었기 때문이다.

물론 언제 엘프들이 미국과 손을 잡았는지 알 수는 없지만, 그것이 1차 몬스터 웨이브 직전이나 늦어도 2차 몬스터 웨이브 전이었을 거라고 어렵지 않게 추측할 수 있었다.

그렇게 생각하고 있는 것을 떠나서, 현실은 느닷없이 들이닥친 엘프들로 인해 하루도 편할 날이 없었다.

엘프들은 아케인 클랜과 정진에 관해 관심을 보였다.

엘프들이 가장 관심을 보이는 것은 타이탄이었다.

그들은 한국에 온 이유가 대한민국이 생산하는 타이탄을 직접 보기 위해서라고 말했다. 자신들이 개발한 타이탄과 너무도 흡사하기 때문에 조사를 해야 한다는 것이었다.

이기동은 대한민국에서 생산되고 있는 타이탄이 흰머리산 던전에서 발굴된 타이탄을 거의 그대로 제작하는 것이라고 말했다.

물론 현실적인 부분이 있기에 약간의 설계 변경이 있었다는 것도 알려주었다.

똑같은 타이탄을 가지고 연구하여 개발했으니 비슷한 부분이 있을 수밖에 없다는 것이었다.

그러자 미국은 그럼 타이탄을 카피한 설계도를 보여 달라며 억지를 부렸다.

대한민국 정부는 그럼 미국의 타이탄 설계도도 가져와 양국의 개발자와 공동으로 검토를 하자는 주장을 하였다.

하지만 이는 미국 측에서 받아들이지 않았다.

미국의 타이탄을 개발한 것은 미국의 과학자들이 아닌 엘프들이었기 때문이다. 엘프의 존재를 숨겨야 하는 미국 정부로서는 대한민국 정부의 제안을 받아들일 수가 없었다.

그것이 미국이 조사단으로 엘프들을 보낸 이유이기도 했다.

물론 미국 정부도 무작정 이들을 보내고 싶지는 않았겠지만 엘프들의 주장이 강경해 어쩔 수 없었다.

"그들은 아무런 사고 없이 잘 감시하고 있겠지?"

이기동은 골치가 아파 양손으로 관자놀이를 문지르며 비서에게 물었다.

"예, 그들은 현재 성대 중공업을 견학하고 있습니다. 다만 조사단의 책임자인 이브엘이란 조사관이 아케인 클랜에 방문하고 싶다는 요청을 했습니다."

비서는 엘프 조사단의 일정을 설명을 하고는 조사단의 단장인 이브엘이 요청한 사항에 대해 보고했다.

"아케인 클랜? 그곳은 왜?"

이기동이 뜬금없는 말에 의문을 표했다.

"그러고 보니 유럽에 간 정정진 클랜장은 아직 소식이 없나?"

엘프 조사단의 요청도 요청이지만 그보단 정진의 행방이 궁금했다.

뭔가 일이 있어 유럽에 간다고만 알려져 있지만, 나중에 정진에게서 유럽이 이종족인 드워프와 협력 관계란 이야기를 들었을 때는 자신을 놀리는 줄 알았다.

하지만 이번에 미국에서 엘프들이 온 것을 보면서 어쩌면 정진의 말이 사실일지도 모른다는 생각을 하게 되었다.

아니, 사실일 것이라 확신했다. 그러면서 미국과 유럽이 몬스터 산업에서 다른 대륙을 앞서가는 이유가 무엇인지 다시 한 번 상기하게 되었다.

"아직 복귀를 했다는 정보는 없습니다."

정진이 유럽으로 떠난 이후 정부는 물론이고 헌터 협회도 정진의 위치를 계속해서 체크하고는 있지만, 독일 베를린 게이트를 통해 뉴 어스로 넘어간 뒤로는 감감무소식이었다.

그저 키 작은 난쟁이가 함께 있었다는 소식에 동행한 이가 정진이 알려준 드워프라는 뉴 어스의 이종족일 것이라 짐작할 수 있을 뿐이었다.

하지만 무엇 때문에 드워프와 동행을 하여 뉴 어스로 넘어간 것인지는 아직까지 알려진 것이 없었다.

이기동은 답답함을 감추지 못하고 한숨을 내쉬었다.

"벌써 두 달이 다 되어 가는데, 도대체 무슨 일이 있기에 이렇게 오랜 기간 뉴 어스에 머물고 있는 거람."

정진이 뉴 어스에 너무 오랜 기간 체류를 하는 바람에 현재 대한민국의 타이탄 생산은 완전히 정지되어 있었다.

물론 정진이 유럽으로 가기 전 자신이 좀 늦어질 수도 있다고 하며 세 그룹에 양해를 얻고 출발하긴 했지만, 그래도 설마 두 달 동안이나 뉴 어스에서 돌아오지 않을 줄은 어느 누구도 예상하지 못했다.

이 때문에 정부나 정진과 계약을 한 세 그룹 관계자들은 혹시 정진이 잘못된 것은 아닌가 걱정까지 하고 있었다.

정작 아케인 클랜만이 클랜장인 정진에 관해선 아무런 걱정을 하지 않는 듯, 그저 정진이 시키고 간 일만 열심히 하고 있었다.

정부나 세 그룹, 그리고 헌터 협회에서는 아케인 클랜에 문의할 생각도 하지 못한 채 발만 동동 구르고 있는 처지였다.

† † †

두드드드!

뿌연 먼지구름을 뒤로하고 타라칸이 맹렬히 달렸다.

달리는 타라칸의 뒤로 묘한 것이 연결이 되어 있었는데, 그것은 마차와 무척이나 닮아 있었다.

다만 마차와 다른 것은 바퀴가 달려 있지 않다는 점이

었다.

정진은 처음 베를린 게이트를 통해 뉴 어스로 왔을 때와 상황이 바뀌어 동행하는 드워프의 숫자가 다섯 명으로 늘어나 타라칸의 등에 타고 빠르게 이동을 할 수 없게 되자, 다른 방도를 생각해 냈다.

그것은 바로 챔피언급 레피드 타이거인 타라칸을 마차를 끄는 말 대용으로 사용하는 방안이었다.

더욱이 옆에는 장인 종족인 드워프가 무려 다섯 명이나 있다.

그래서 처음에는 마차를 만들어 타라칸에 연결하여 달렸다.

하지만 얼마 지나지 않아 마차는 금방 부서져 버리고 말았다.

그도 그럴 것이 타라칸은 말이 아니라 무려 8m나 되는 거대한 덩치를 가진 레피드 타이거다. 일반 마차를 만들어 타라칸에 연결을 시키는 것까지는 어찌어찌 되었지만 타라칸이 달리기 시작하자 어떤 착오가 있었는지가 금방 드러난 것이다.

타라칸의 덩치와 그 힘을 생각지 않고 일반적인 마차를 만들었으니 마차가 그 힘과 스피드를 견디지 못하고 망가진 것이다.

그나마 정진이 마차가 부숴지기 전에 조치를 취했기에 무사했지, 그렇지 않았다면 타고 있던 드워프들이 무사하지 못했을 것이었다.

그다음에는 약간 개조를 하였는데, 그것이 지금 타라칸의 뒤에 매달린 바퀴 없는 마차였다.

바퀴가 없으니 마차라 부르기도 뭐했지만, 정진은 타라칸이 달릴 때마다 심하게 덜컹거리는 마차 바퀴를 아예 떼버리고 마차 바닥에 반중력 마법인 '리버스 그래비티' 마법을 새겼다.

물론 마법진을 그리기 위해 마정석을 몇 개 소비하기는 했지만, 드워프들이 준 마정석이 아직도 정진의 아공간에 몇 자루나 있었다. 안전하고 빠르게 돌아가는 것이 중요했기에 마차에 반중력 마법을 그려 넣어 마법 마차를 만들었다.

바퀴가 사라진 마차는 어떤 지형에서도 영향을 받지 않았고, 이전보다 훨씬 빠르게 이동할 수 있었다.

타라칸이 넘을 수만 있다면 앞에 커다란 바위가 있건, 강이 있건 상관이 없었다.

물론 지상에서 5m나 떠 있는 상태이기에 드워프들이 그것을 타려 하지 않아 작은 소동이 있기는 했다. 이미 비행기를 타본 경험이 있는 슈인켈만이 새로운 탈것에 호기심을 보였을 뿐이다.

"시원하다."

마차 창을 연 슈인켈은 엄청난 속도로 불어오는 바람을 맞으면서도 오랜만에 느끼는 고향의 향기에 기분이 무척이나 좋았다.

수년 만에 돌아온 뉴 어스에서 두 달 가까이 지내니 몸에 힘이 돌아오는 것 같았다. 지금은 망치만 들면 뭔가 대단한 물건을 만들어낼 수 있을 것 같았다.

사실 말은 하지 않았지만 슈인켈을 비롯한 지구에 있는 드워프들은 처음 지구로 왔을 때와 다르게 많이 약해져 있었다.

몬스터와 마찬가지로 이종족들 역시 게이트를 넘어 지구로 넘어오게 되면 점점 약해진다. 이는 뉴 어스와 지구의 마나의 농도가 다르기 때문이었다.

엘프들은 넘어오기 전 가지고 온 아티팩트로 인해 영향이 덜했지만 노커를 비롯한 드워프들은 한때 큰 위기를 겪기도 했다.

다행히 몸에 있던 마력이 줄어들면서 불균형이 생겨 일어난 것이라는 걸 알아내 급히 아티팩트를 구해 무사할 수 있었다.

노커를 비롯한 드워프들이 유럽연합에 지대한 영향을 주

고 있기에 사고가 났을 때 빠르게 아티팩트를 지원 받을 수 있었던 것이다. 그렇지 않았다면 몇몇 드워프는 지금까지 생존하지 못했을 것이다.

물론 아무리 아티팩트를 이용하고 있다 해도 시간이 지날수록 드워프들은 점점 약해지고 있었다.

점점 종족적인 특성이 약해지고 후대가 잘 태어나지 못하는 원인을 분석한 결과 지구의 적은 마나의 분포로 인해 신체에 불균형이 생겨서 그렇다는 걸 알아낼 수 있었다.

아마 이대로 시간이 더 지난다면 드워프는 제 수명대로 살지 못할 것이고, 세대가 지날수록 점점 인간화될 것이다.

이는 가설이 아니라 몬스터를 연구하는 학자들이 연구하여 밝혀낸 사실이기도 했다. 지구에 넘어온 몬스터가 터를 잡고 번식을 하기 시작하면, 몬스터 특유의 검붉은 색이 아닌 붉은색의 피를 흘리게 된다는 것이다.

그것이 엘프나 드워프들이나 동족들을 지구로 데려오려고 하지 않고 장기적으로 뉴 어스로 돌아가려고 하는 이유기도 했다.

"그런데 얼마나 더 가야 도시가 나오는 건가?"

슈인켈은 바람을 맞다가 고개를 돌리며 정진에게 물었다.

하지만 질문을 받은 정진도 그것은 알 수가 없었다.

그 또한 그저 목걸이에 봉인이 되어 있는 로난이 알려준 방향으로 달릴 뿐이었기에 정확한 거리는 알 수가 없었던 것이다.

얼마를 달렸을까? 눈에 익은 지형이 나오기 시작했다.

"앞으로 세 시간 정도만 더 가면 1차 목적지인 뉴 서울이 나올 것입니다."

정진의 눈에 들어온 것은 바로 4대 금지 중 한 곳인 절망의 협곡의 모습이었다.

예전에 찾아올 때는 시간이 더 걸렸지만, 현재 타라칸은 그 때보다 더욱 강력한 존재가 되었다.

달리는 속도나 지구력 등이 예전보다 월등했기에 이동 시간을 많이 단축할 수 있었다.

† † †

"어서 오십시오."

영원의 숲 아케인 쉘터에 도착을 한 정진이 마차에서 내리자 경비를 서고 있던 헌터가 정진을 보며 인사를 했다.

이미 먼 거리에서 클랜의 마스코트인 타라칸의 모습을 확인하고 안에 보고를 한 것이다. 그의 보고를 받은 간부들 일부가 나와 쉘터 안으로 들어오는 정진을 맞았다.

"어서 오십시오. 늦으셨습니다."

간부가 정진을 반기며 말했다.

"생각보다 가서 할 일이 많더군요. 덕분에 여기 드워프 분들이 우릴 도와주기 위해 오셨으니."

정진은 자신의 뒤를 따라 쉘터 안으로 들어오는 드워프들을 간부들에게 소개하였다.

"그런데 부클랜장님은 외부에 나가셨습니까?"

정진은 평상시에는 이곳 아케인 쉘터에 있는 이정진의 모습이 보이지 않자 물었다.

"예, 수련을 좀 하신다고 예전 타라칸의 둥지에 간다고 출타하셨습니다."

그를 안내하던 간부가 말했다.

부클랜장인 이정진은 현재 소드 마스터 초입과 소드 익스퍼트 최상급 중간에 걸쳐져 있는 상태다.

즉, 어떤 계기만 주어진다면 마스터로 진입을 할 수 있는 상태. 아직 그런 단초를 깨닫지 못해 아직 불안전한 상태에 머물고 있는 중이다.

이러다가는 넘치는 마력과 육체의 불안정으로 자칫 잘못하면 마나 폭주로 이어질 수가 있었다.

마나 폭주는 흔히 무협지 같은 데서 말하는 주화입마와 비슷한 것이었다.

때문에 이정진은 최근 몬스터 헌팅을 나가기보단 개인 수련에 힘을 쏟고 있었다.

정진도 이런 이정진의 상태를 알기에 그가 하루라도 빨리 깨달음을 얻어 마스터가 되기를 기도했다.

"일단 다른 간부들 모두 모이라고 좀 해주세요."

"알겠습니다."

정진은 드워프들과 함께 본관 건물로 들어갔다.

본관 건물로 들어선 드워프들은 아케인 쉘터의 모습을 눈에 담기라도 하듯 여기저기 쳐다보았다.

쉘터는 비록 작은 크기였지만 쉘터 자체가 하나의 아티팩트 같이 느껴졌던 것이다.

비록 인간의 손으로 만들어진 투박한 모양이기는 하지만, 건물이나 쉘터 전체에 흐르는 마나의 존재를 느낄 수 있었다.

사실 정진은 처음 이곳 아케인 쉘터를 건설한 뒤로 많은 개조를 하였다.

다른 헌터 클랜이나 기업들의 의뢰를 받으며 쉘터를 건설하면서 얻은 노하우를 바탕으로 보다 효율적인 방향으로 설계 변경을 하였고, 급기야 정부의 의뢰로 북한 지역을 개발하면서 설계한 마법진도 추가하였다.

　새로 건설을 하는 것보다 많은 비용이 들고 또 번거로운 일이지만 최초로 건설한 건물이다 보니 다른 건물보다 애착이 갔다.

　그건 정진뿐만 아니라 다른 아케인 클랜의 간부들이나 소속 헌터들도 같았다.

Chapter 8
엘프를 만나다

　정진이 드래곤 산맥에서 처음 목적지인 뉴 서울로 향하지
않고, 그곳을 우회하여 영원의 숲 입구에 있는 아케인 쉘터
로 향한 이유는 따로 있었다.

　우선 드워프들의 존재를 조금이라도 늦게 알리기 위해서
였다.

　괜히 일찍 알려봐야 다른 자들이 그들을 어떻게든 이용하
려고 숟가락을 얹을 것이 분명했다.

　분명 드워프의 어려움을 해결해 주고, 그들이 드래곤 산
맥 안에서 안전하게 생활할 수 있게 기반을 다져준 것은 정
진 본인이었다.

그런데 어떤 도움도 주지 않은 타인이 그 덕을 보려고 하는 걸 두고 볼 생각은 처음부터 없었다.

아케인 쉘터에 도착을 하니 뜻밖의 소식이 정진을 기다리고 있었다.

바로 엘프에 관한 이야기였다.

자신이 엘프의 존재를 알게 된 것이 불과 두 달 전의 일인데, 엘프의 존재가 아케인 클랜의 간부들 사이에 퍼져 있었다.

헌터 협회를 통해 엘프들이 자신을 보고 싶다고 했다는 말을 듣고는 어리둥절하기도 했다.

'역시 미국이 개발한 타이탄은 엘프들이 만든 것이었구나.'

"형!"

"왜?"

언제 왔는지 정한이 정진의 곁에 와 있었다.

정진은 별다른 표정 변화 없이 그를 돌아보았다.

"엘프 만나러 가는 거야?"

"응. 왜?"

"아니, 난 그저 엘프가 정말로 소설이나 영화에 나오는 것처럼 그런가 해서."

정한이 당황한 듯 얼버무렸다.

"일단 엘프에 관한 것은 입 다물고 있어. 괜히 그런 것 밖으로 떠들고 다녀서 별로 좋을 것 없으니."

정진은 정한이 엘프에 관해 너무 환상을 가지고 있는 게 아닌가 싶어 걱정되는 마음에 경고했다.

정한뿐만 아니라 클랜의 다른 간부들도 뭔가 들뜬 것마냥 상기된 얼굴로 자신을 보는 것이 여간 불안한 게 아니었다.

조금만 더 시간이 주어진다면 뉴 어스로 인간이 필요한 생활의 기반 전부를 가져올 수 있다.

비록 현대 문명과는 다르겠지만, 이곳 뉴 어스에는 버려진 땅들이 널려 있다.

아케인 쉘터 앞 평원만 해도 개간하여 씨만 뿌리는 것으로 엄청난 수확을 거둘 수 있을 정도로 지력이 풍부하다.

물론 씨를 뿌리기 전에 평원에 살고 있는 몬스터 무리를 처리해야 하겠지만, 아케인 클랜의 힘이라면 평원의 몬스터를 처리하는 것쯤이야 일도 아니었다.

평원에 있는 몬스터라 해봐야 고블린이나 블러드 울프 같은 소형 몬스터들뿐이기 때문이다. 다만 숫자가 많을 뿐이다.

이미 타이탄도 수십 기나 되는 아케인 클랜이다.

대한민국, 아니, 전 세계를 뒤져도 이 정도의 전력을 가지고 있는 단체는 없었다.

이런 아케인 클랜이 외부의 압력에 쉽게 꺾일 리도 없지만, 그렇다고 완전히 안전하다고 볼 수도 없었다.

특히나 미국은 엘프의 존재를 지금까지 숨겨오고 있었는데, 그 비밀이 자신들 때문에 폭로가 된다면 가만있지 않을 것이 분명했다.

기반이 모두 마련되기 전까지는 조심을 해야 할 필요가 있고, 그러기 위해선 지금처럼 들뜬 간부들부터 잡아야 했다.

"너뿐만 아니라 지금 간부들 모두 뭔가 나사가 풀린 것 같은 모습들을 하고 있는데, 이 시간 이후로 엘프에 관한 생각은 모두 머릿속에서 지워라."

"그게 무슨 소리야?"

"엘프에 관한 소문이 외부에 흘러나가 봐야 우리 클랜에 좋을 것이 하나도 없다는 소리야."

하지만 정한이나 주변에 있는 간부들은 정진의 말뜻을 알아듣지 못했다.

"당최 이해할 수가 없네. 무슨 말인지 자세히 좀 설명해 봐."

"유럽연합이 드워프의 존재를 숨겼듯, 미국도 엘프의 존재를 숨기고 있었다. 그들이 왜 그랬을 거라 생각해?"

정진은 드워프를 숨긴 유럽 연합이나 엘프를 숨긴 미국의 의도에 관해 물었다.

그런 정진의 질문에 정한은 잠시 생각에 잠겼다.

그리고 정한뿐만 아니라 주변에 있던 간부들도 정진의 이야기를 듣고 생각을 하기 시작했다.

장내에는 때 아닌 침묵이 흘렀다.

그런 모습에 정진도 속으로 생각을 정리하기 시작했다.

'그들이 무슨 의도로 자신의 정체를 밝히면서까지 날 만나러 온 것이지?'

생각을 한다고 해서 엘프나 미국 정부가 어떤 의도로 조사단을 파견하고 엘프들이 자신의 정체를 무슨 이유로 밝혔는지 확실히 알 수는 없다.

물론 추측은 할 수 있었다.

처음 미국이 타이탄을 개발했다고 했을 때, 정진은 그중 한 기를 정부를 통해 들여와 살펴보았다.

물론 정부에서도 막 개발된 타이탄을 구하기는 어려운 일이었지만, 정진이 요청을 한 일이라 들어주지 않을 수도 없었다.

정부는 고심 끝에 정진이 가져간 타이탄을 그대로 돌려주는 것을 조건으로 요청을 들어주었다.

한편 정부로부터 미국에서 들여온 타이탄을 받아 살펴본 정진은 그 타이탄이 워리어급 타이탄을 카피하여 만들어지기는 했지만 마법진을 제대로 이해하지 못해 본래 성능을 내지 못한다는 것을 알게 되었다.

사실 처음부터 워리어급을 만들어낸 것이 상식에서 벗어난 일이기도 했다.

물론 정진이야 이미 워리어급 타이탄의 설계도를 보았고, 옆에서 조언을 해주는 타이탄 제작자인 로난의 조언까지 있었으니 당연한 결과였다.

그보다 훨씬 실력이 떨어지는 정은이나 정수도 로난의 조언과 보조를 받고 타이탄을 만든다면 충분히 원래의 성능을 낼 정도의 타이탄을 만들 수 있다.

월러드를 만든 재료를 똑같이 준비할 수 없기에 출력이 조금은 떨어지겠지만 등급만큼은 워리어급이었을 것이다.

정진은 미국에서 들여온 타이탄을 통해 타이탄을 만든 미국의 마법사들이 마법을 잘 알지는 못할 것이라고 판단했다.

정확히는 흰머리산에서 발굴된 타이탄 티루스에 새겨진 마법진을 토대로 마법을 배운 것처럼 느껴진다고 해야 할까?

엘프들은 정진이 만든 타이탄이 오리지널과 별로 차이나지 않다는 것에 놀라 한국까지 왔을 가능성이 컸다.

미국은 오래전부터 엘프와 손을 잡고 많은 것들을 개발해 왔다.

원칙대로라면 엘프의 존재를 알게 된 순간 그들의 존재를 전 세계에 공개하는 게 옳다.

그것은 뉴 어스에 관한 국제 협약에 포함된 내용이었다. 심지어 그 협약은 미국의 주도하에 만들어진 것이다.

물론 엘프들이 자신의 존재를 숨기려 했을 수도 있다. 아니, 분명 숨기려고 했을 것이다.

하지만 미국이 자국의 이득만이 아닌 세계 평화를 생각했다면 적어도 엘프들과 함께 개발한 것들을 세계 각국과 공유했어야 했다.

물론 공동의 자금으로 연구를 하고, 연구에 소모된 일정 지분을 인정하고 정당한 수준의 로열티를 지불해야겠지만 말이다.

하지만 미국은 그렇게 하지 않았다.

뉴욕을 시작으로 전 세계에 순차적으로 게이트가 나타나면서 미국은 세계의 경찰이라는 슬로건처럼 앞장서서 인류의 미래를 위해 공동 전선을 펼칠 것을 표명했다.

그런데 엘프와 공동으로 개발한 것을 마치 자신들이 단독으로 개발한 것처럼 속이고 그 이득을 취한 것이다.

이는 쉽게 묵과할 수 있는 일이 아니다. 몬스터 산업은 그 이후 많은 발전을 이루었지만 그 뒤에서 미국은 막대한 부를 축적하고 있었다.

게이트 사태 이후 미국의 위상은 그 이전과 비교가 되지 않을 정도로 높아진 것이다.

이 모든 것이 다른 국가들을 기만하고 이룩한 것들이란 것이 밝혀지는 것이니 엘프의 존재가 밝혀지는 것을 전력을 다해 막으려 할 것이다.

현재 세계 최초로 타이탄을 개발했다는 것에 미국에 대한 세계인들의 인식은 굉장히 높아져 있는 상태였다.

그런데 그것이 자신들의 힘으로 개발한 것이 아닌, 숨겨두고 있던 뉴 어스의 이종족이 개발한 것이라는 게 밝혀진다면 어떻게 될까?

심지어 뒤이어 타이탄을 개발한 한국으로부터 그 소문이 촉발된다면?

미국은 자신들의 치부를 세상에 드러낸 이들을 무슨 수를 써서라도 막으려 할 것이다.

물론 미국이 두려운 것은 아니다.

그들을 상대하면서 어쩔 수 없이 생길 희생을 감수하고

싶지 않을 뿐이다.

아직도 한국에는 미국이라면 껌뻑 죽는 사람이 많다. 정부도 미국의 눈치를 볼 수밖에 없다.

어쩌면 미국이 힘을 쓰기 전에 한국에서 아케인 클랜을 끌어내리기 위해 난리를 피울지도 모른다.

가깝게 지내던 자들이 돌변해 자신들을 공격하고, 그런 이들을 이러지도 저러지도 못하는 상황이 올지도 모른다는 것이 껄끄러웠다.

엘프들로 인해 들뜬 정한과 간부들에게 단단히 주의를 준 정진은 그 길로 지구로 복귀를 하였다.

물론 정부나 헌터 협회에 드워프의 존재를 아직은 알려줄 생각이 없었기에, 일단 드워프는 이곳 아케인 쉘터에 남겨 두었다.

드워프들은 아무런 불만이 없었는데, 그 이유는 정진이 아케인 쉘터를 떠나기 전 드워프들에게 아케인 아카데미를 개방했기 때문이었다.

사실 아케인 아카데미는 될 수 있으면 아케인 클랜에 소속된 이들만의 비밀로 하고 싶었다.

그런데 우연히 이야기 도중에 아케인 클랜이 이만큼 빠른 성장을 하는데 아케인 아카데미가 지대한 영향을 주었다는 말이 나왔다.

드워프들은 엄청난 관심을 보였다.

아무리 드워프가 체질적으로 마법을 익힐 수는 없다고 하지만 당연한 일이었다.

만약 드워프들이 아예 마법에 관심을 두지 않았다면 마도의 산물인 타이탄에도, 매직 웨폰에도 관심을 보이지 않았을 것이다.

그랬다면 아마 역사상 유일하게 기록이 되어 있는 로드급 타이탄 골든 나이트가 탄생하지 못했을 것이다.

골든 나이트를 만든 이들 중 하나인 현재의 드워프들은 비록 선조들의 우수한 기술을 많이 소실하긴 했지만, 아직도 골든 나이트를 만들었다는 자부심을 가지고 있었다.

그런데 역사서에도 기록되지 않은 전설 속의 마도 시대의 유물이 남아 있는 것도 모자라, 아직까지 작동을 하고 있다고 하니 관심을 보이지 않으면 드워프가 아니었다.

아니, 종족을 떠나 누구라도 이런 이야기를 들으면 호기심을 보일 것이다.

정진은 자신을 믿고 따라온 드워프들의 요청을 거부하지 못했다. 드워프들이 어디 가서 이런 비밀을 떠벌릴 종족도 아니었다.

정진이 아케인 아카데미에 들어가는 것을 허락한 뒤로

더 이상 드워프들의 모습은 아케인 쉘터에 보이지 않았다.

정진은 이왕 드워프에게 아케인 아카데미를 밝힌 것, 마도 제국 아케인이 이룩한 마도 기술 일부를 드워프들에게 알려주기로 한 것이다.

아케인 제국의 마도는 분명 마법과 밀접한 관계를 맺고는 있지만, 그렇다고 모든 기술들이 마법으로만 이루어진 것은 아니었다.

그 시절에도 마법사나 마도사들을 보조하는 장인들이 존재했다.

마법사와 마도사들은 자신들을 돕는 장인들의 기술력을 높이기 위해 여러 가지 기술들을 만들어냈는데, 아케인 아카데미에도 이런 과정이 조금이나마 남아 있었다.

아케인 아카데미는 그저 마법사를 양성하는 기능만을 가진 곳이 아니다. 이는 아케인 제국의 최후의 보루였다.

때문에 아주 사소한 것까지 마도와 관련된 것이라면 모두 소장을 하고 있었다.

† † †

"아니, 정정진 클랜장님. 어쩐 일이십니까, 예고도 없이."

자신의 집무실로 들어오는 정진의 모습에 이기동은 깜짝 놀랐다.

유럽에 간 정진이 아무런 예고도 없이 자신의 집무실에 나타났기 때문이다.

"아무에게도 알리지 않고 바로 온 것입니다."

정진은 깜짝 놀라는 이기동을 보며 담담히 대답을 하였다.

"일단 앉으시죠."

이기동은 놀란 가슴을 진정하고 얼른 집무실 중앙에 있는 소파로 정진을 안내했다.

띠!

"여기 커피 두 잔 부탁해요."

이기동은 인터폰을 이용해 자신의 집무실로 커피 두 잔을 시켰다.

"커피 괜찮으시죠?"

"예, 두 달 동안 커피를 마시지 못했더니 마침 커피가 그리웠습니다."

정진은 미소를 지었다.

이기동은 정진이 유럽에 가서 하려고 한 일들이 잘 마무리된 것 같아 보여 마음이 조금은 편안해졌다.

부탁을 해야 하는 입장에서 기분이 좋지 않을 때보다는

상대가 기분이 좋을 때 부탁을 하는 것이 상대가 부탁을 들어줄 확률이 높아지지 않겠는가.

"커피 가져왔습니다."

집무실 문이 열리고 쟁반에 들고 온 커피 잔을 테이블에 내려놓은 비서가 다시 조용히 인사를 하고 밖으로 나갔다.

"난데없이 엘프라니, 어떻게 된 일입니까?"

정진은 주변에 이야기가 새어 나가지 않게 마법을 건 것도 부족해 목소리까지 낮추어 말했다.

그런 정진의 모습에 이기동 또한 조심스럽게 대답을 하였다.

"공식적으로 미국에서 알린 것은 아닙니다. 미국 정부는 그저 우리가 생산하는 타이탄이 미국이 개발한 타이탄의 설계도를 빼돌려 개발한 거라고 주장을 하면서 조사단을 파견했습니다."

이기동의 이야기가 계속될수록 정진은 기가 막혀 할 말을 잊었다.

겨우 워리어급 타이탄을, 제대로 카피한 것도 아니고 솔저급으로 다운그레이드한 타이탄을 가지고 유세를 떠는 미국이 가소로웠던 것이다.

생각 같아서는 그런 주장을 하는 놈에게 찾아가 멱살을

잡고 몇 대 쥐어박고 싶었다.

물론 자신도 로난의 도움을 받아 워리어급 타이탄 월러드를 복제한 것이나 다름없지만, 자신은 재료가 오리지널에 비해 떨어짐에도 비슷한 출력을 낼 수 있는 개량된 타이탄을 만든 것이다.

그런데 미국은 마법진을 잘못 해석하여 제대로 복제하지도 못하지 않았는가.

엑시온만 정진이 개발한 워리어급 타이탄의 것으로 교체를 한다면 당장이라도 워리어급 타이탄으로 탈바꿈할 수 있겠지만, 정진은 굳이 그렇게 해주고 싶은 생각도 없었다.

동맹인 한국을 언제나 한 수 내지는 두 수 낮춰보는 미국의 태도에 굳이 그런 친절을 베풀고 싶은 생각이 들지 않았기 때문이다.

미국은 동맹이라고 하면서도 언제나 이중적인 자세를 취하고 있다.

한국과 미국이 동맹이듯 미국에게는 일본 또한 동맹이다.

공산주의 국가인 러시아와 중국을 견제하는 국가로 아시아에서는 한국과 일본을 선택한 것이다.

물론 중국의 남하 정책을 틀어막기 위해 대만과도 긴밀한 관계를 맺고 있기는 하지만 동맹은 아니다.

이는 중국과 대만의 관계가 일반적인 나라와 나라의 관계가 아니기 때문이다.

대만이나 중국은 표면적으로 하나의 중국을 주장한다.

그렇기 때문에 한국이나 일본과는 다른 입장일 수밖에 없다.

그런데 여기서 문제가 되는 것은, 같은 동맹임에도 대한민국은 언제나 일본의 다음 순위일 수밖에 없다는 것이다.

몬스터에 의해 멸망하기 전에도 북한은 불량 국가 또는 깡패, 테러 지원국 등으로 불리며 국제사회에 많은 혼란을 야기 시키곤 했다.

특히나 북한은 국제사회에서 고립된 상황에서 살아남기 위한 방법으로 대량 살상 무기를 개발하였는데, 가장 문제가 된 것은 바로 국제 관계를 무시한 독자적인 핵무기 개발이었다.

겉으로는 평화를 부르짖으며 대한민국 정부와 관계 계선을 하겠다고 지원을 받아놓고, 그것을 몰래 유용해 인류 최악의 무기인 핵폭탄을 개발한 것이었다.

뒤늦게 이러한 사실이 알려지면서 국제사회는 다시 한 번 경악했다.

국민 중에 아사자가 해마다 수십만이 나오는데, 지도자는 핵무기를 개발하고 있었다는 사실에 놀란 것이다.

상식적으로 이해가 가지 않는 그 행동에 국제기구들은 북한에 대한 원조를 전면 중단하겠다고 선언하였다.

그럼에도 북한 당국은 그러한 국제사회의 제재에 역으로 비난하는 등 적반하장으로 나왔다.

하지만 북한의 핵 문제에 가장 밀접한 관계에 있는 당사자임에도 미국은 참으로 이해할 수 없는 태도를 취했다.

한반도를 둘러싼 북한의 핵 문제는 결코 대한민국을 배제하고 다룰 수 있는 문제가 아니었다.

그럼에도 미국 정부는 이 문제를 주변 강대국인 중국, 러시아, 그리고 일본과 이야기를 주고받아 해결하려고 했던 것이다.

미국은 전 세계에서 전쟁 무기를 가장 많이 팔아먹는 나라다.

팔고자 하는 물건에 대해 구매 의욕을 고취시키기 위해 노력을 해야 하는 것이 상식이지만, 유독 대한민국에 무기를 팔 때는 아주 고자세를 취하고 대한민국 정부가 다른 나라와 거래를 하려고 하면 압력을 행사했다.

정진이 매직 아머나 매직 웨폰을 만들어 팔기 전까지 각종 몬스터 관련 물품들 대부분은 미국에 엄청난 로열티를 물어가며 생산되었다.

재주는 곰이 부리고 돈은 왕 서방이 챙긴다고, 아무리 헌터들이 몬스터를 잡아도 로열티로 나가는 돈 탓에 대한민국은 그리 발전을 하지 못했다.

다행히 정진이 아티팩트들을 만들어내기 시작하면서 미국에서 수입한 무기들을 굳이 쓸 필요가 없어졌다.

물론 정진이 딱히 조국에 엄청난 애국심을 가지고 있는 것은 아니었다.

그저 자신의 목표인 마도의 부활과 부흥을 이루고, 그에 어떤 방해를 받고 싶지 않은 것뿐이다.

단지 적대 세력을 만들지 않으려고 한 행동들이 대한민국 정부나 헌터 협회에 상상 이상으로 커다란 도움이 되었다고 할 수 있었다.

그렇다고 조국이 다른 나라에 봉 취급을 받는 것이 그리 기분 좋지도 않았다.

헌터 협회나 정부는 이제 정진이나 아케인 클랜에서 하는 일이라면 그 어떤 곳보다 더 적극적으로 협조를 하고 있었다.

만약 이 상태에서 정진이나 아케인 클랜이 사라진다면 대한민국에는 게이트 사태 이후 가장 큰 혼란이 찾아올 것이다.

정부는 미국이나 다른 나라들의 압박 속에서도 아케인 클
랜과 정진에 관한 정보를 철저하게 보호하고 있는 중이기도
했다.

이에 세계 3대 정보 회사 중 아시아 지역에서는 어느 곳
보다 더 영향력이 막강한 블루 뱀브에서도 자신들의 이득을
위해 정진에 관한 정보를 숨기고 있다.

정진이 생각하기에는 지금이 가장 적기였다.

물론 아직 충분한 힘을 확보하진 않았지만 이대로 두고
보다가는 참을성 없는 존재들이 도발을 해올 것이 분명했
다.

정진은 일단 자신을 찾아온 엘프들을 만난 뒤에 본격적으
로 계획을 추진하기로 결정을 하였다.

이미 드워프들의 협조도 얻어 놓은 상태이니 충분히 가능
성이 있다.

"그래, 가신 일은 잘 처리하셨습니까?"

이기동은 커피를 한 모금 마시고 정진을 보며 물었다.

공식적으로 정진은 유럽의 군수복합체인 하인켈 사의 의
뢰를 해결해 주기 위해 방문을 한 것이다.

어떻게 보면 그게 맞기도 했다.

다만 드워프들은 하인켈 사 안에서도 극비의 존재들이었
기에 그 정체를 숨기고, 마스터 장인들의 의뢰를 받은 것으

로 발표했다.

외부에 발표되기로는 아케인 클랜의 정진이 하인켈 사의 장인들이 요구하는 물건을 가져다준 의뢰라고 되어 있었다.

정진은 실제로도 출발 전에 많은 물품을 가져갔다.

이 역시 사실이면서 또 한편으로 사실이 아니었다.

정확하게는 드워프 족장인 안티 드라켄 노커의 의뢰고, 위기에 빠진 드워프 마을에 물자와 식량, 그리고 무기를 전달하는 의뢰였다.

실제로 노커는 하인켈 사에 소속되어 있는 마스터 장인이고, 물자를 가져다준 것도 사실이니 틀린 말은 아니었다.

사실 이 의뢰는 유럽연합의 많은 헌터 클랜에서 시도를 하였다가 드래곤 산맥 초입에서 모두 실패를 한 의뢰이기도 했다.

물론 정진도 목적이 있었기에 수락한 것이었다.

노커는 마법이 없으면 타이탄을 만들지 못한다는 것을 알고 있었다.

그것이 알려지게 되면 그동안 타이탄을 재현하기 위해 자신들을 대우하던 인간들이 어떻게 변할지 알 수 없어 숨겨 왔을 뿐이다.

지금까지 인간들은 자신들의 도움으로 큰 발전을 이뤘고,

몬스터를 몰아내고 뉴 어스까지 진출을 하였다.

그렇지만 타이탄을 만들 수 없다는 사실이 알려지면 인간들이 지금까지처럼 존경하고 또 대우를 하지 않을 것이라고 생각했다.

그런 노커의 생각은 어느 정도 맞는 이야기였다.

인간은 언제나 은혜를 쉽게 잊는다.

실제로 미국에서 타이탄이 개발이 되었다는 소식이 전해지면서, 드워프들을 보는 유럽의 위정자들의 시선이 예전과 조금 바뀌었기 때문이다.

자신들보다 한참이나 떨어진다고 생각했던 동양의 작은 나라에서도 타이탄이 개발되자 더욱 그랬다.

그런 때에 정진이 유럽을 방문한 것이다. 그래서 노커는 정진에게 허심탄회하게 자신의 마음을 내보이고 부탁을 하였다.

정진도 그런 노커의 부탁이 자신의 목적과 부합함을 알고 의뢰를 수락했다. 거기에 더해 드래곤 산맥에 살고 있는 드워프들을 위해 결계와 드워프용 매직 아머와 매직 웨폰을 만들어 주었다.

물론 입고 든 아머와 무기는 그들의 손으로 만들었지만, 그곳에 새겨진 마법진은 모두 정진이 활성화시킨 것이었다.

드워프 마을에 두 달이나 체류한 것은 모두 그 때문이었다.

"그 문제는 잘 처리되었으니 걱정하지 않으셔도 됩니다. 그렇지 않아도 그 일을 말씀드리려고 이렇게 회장님을 찾아온 것입니다. 아시고 계실지는 모르겠지만, 미국에 엘프들이 온 것처럼 유럽에도 오래전부터 드워프들이 자리를 잡고 있었습니다."

"드워프요?"

이기동은 정진의 말에 눈을 동그랗게 뜨며 놀라워하였다.

엘프에 이어 드워프까지 나타나다니.

그래도 두 번째라 그런지 처음 미국에서 조사단이 파견이 되고 그들의 정체가 엘프라는 사실을 알았을 때보다는 훨씬 놀라움이 덜했다.

"예, 미국이 뉴 어스에서 넘어온 엘프를 보호하면서 그들이 보유한 마법이나 기술의 도움을 받았던 것처럼 유럽연합도 일부 드워프의 협력을 얻어 회장님도 알고 계신 대몬스터 병기들을 개발했던 것입니다."

"그렇군요."

이기동은 정진의 이야기를 듣고 그제야 미국이나 유럽연합이 어떻게 그런 강력한 몬스터 병기를 만들 수 있었는지 깨닫게 되었다.

물론 이전에도 비슷한 무기는 있었지만, 어느 순간 그러한 무기들의 품질이 이전과는 비교가 되지 않을 정도로 월등히 강력해졌다.

분명 정진의 말이 사실일 것이란 생각이 들었다.

"대외적으로는 유럽연합에서 뉴 어스의 어떤 지역으로 지원 물품을 보내야 하는 의뢰라고 하였는데, 그건 말 그대로 대외적인 것이고 실은 고립된 드워프 마을을 지원하는 일이었습니다."

정진은 드워프 마을에 가서 자신이 한 일들을 하나하나 이야기를 들려주면서 앞으로 자신의 계획을 이야기해 주었다.

이기동은 너무 놀라 할 말을 잊었다.

"그, 그게 가능하다는 말씀입니까?"

정진의 말이라면 팥으로 메주를 쑨다고 해도 믿던 이기동이지만, 방금 전 자신이 들은 이야기는 너무도 엄청난 것이었기에 거짓이 아니란 것을 알면서도 쉽게 믿음이 가지 않았다.

정진이 들려준 이야기대로라면 기존의 국제 질서가 크게 흔들릴 것이다.

아직까지 국제사회는 미국을 중심으로 유럽연합 등 서양 국가들이 주도를 하고 있다.

하지만 정진의 계획이 성공을 거두게 된다면 이런 질서가 순식간에 무너지고 말 것이다.

"물론입니다. 이번 드워프의 의뢰도 그래서 들어준 것입니다. 유럽연합의 그 누구도 제가 드워프의 족장인 안티 드라켄 노커와 한 계약의 내용을 완전히 알지 못합니다."

이기동의 질문에 정진은 확신을 담아 대답하였다.

그런 정진의 모습에 이기동은 다시 한번 할 말을 잃을 수밖에 없었다.

이미 완벽하게 계획을 짜놓은 상태에서 자신에게 통보를 하는 정진의 모습에 이제는 두려움마저 느껴졌다.

그렇지만 정진의 계획이 이미 이 정도까지 진행이 되었고, 그걸 자신에게 알려줄 정도라면 이미 물러설 때는 지난 것이다.

이기동은 머리를 굴리기 시작했다.

'또 한 번의 터닝 포인트에 도착한 건지도 모르겠군.'

선택의 순간이 다가온 것이다.

여기서 정진과 다시 한번 손을 잡을지, 아니면 그가 내민 손을 뿌리치고 이제부터라도 독자적인 노선을 탈 것인지 결정을 해야만 한다.

하지만 이미 결정이 된 것이나 다름이 없었다.

정진이 아니었다면 자신은 이 나이가 되도록 누군가의 수족으로서 일하고 있었을 것이다.

정진을 처음 만났을 당시 자신이 잡은 동아줄은 절대로 끊어지지 않는 줄이었다. 아니, 성공으로 이르는 엘리베이터였다.

이기동은 정진과 척을 질 생각이 조금도 없었다.

전 헌터 협회장이었던 전기수만 봐도 알 수 있었다.

사람이란 제 분수를 알아야 하고 주제 파악을 할 줄 알아야 한다는 것이 평소 이기동의 소신이다.

정진의 제안에 대한 답변은 이미 정해진 것이나 다름이 없었다.

다만 너무도 엄청난 계획이었기에 본능적으로 망설인 것뿐이다.

"언제부터 시작하실 겁니까?"

"시작은 진즉에 했습니다."

정진은 이기동이 마음을 굳혔음을 눈치채고 빙그레 미소를 지었다.

물론 대대적으로 시행을 하고 있는 것은 아니었지만 정진은 오래전부터 이 일을 진행을 하고 있었다.

첫 번째가 바로 아케인 클랜의 헌터들을 교육시키는 일이고, 두 번째가 매직 웨폰과 매직 아머의 판매다.

세 번째는 조금 까다로웠는데, 바로 자신과 아케인 클랜이 하는 일에 방해를 하지 않고 지지를 해줄 세력을 규합하는 일이었다.

그가 백화 클랜과 엠페러 클랜에 파격적인 조건으로 쉘

터와 매직 아머, 매직 웨폰을 판매한 것은 그 이유에서였다.

네 번째는 헌터들을 양성하는 것. 이제 갓 헌터의 세계에 입문한 이들이나 다년간 하급 헌터에서 벗어나지 못하는 이들을 대상으로 양성소를 운영하는 일이었다.

그리고 이 방법은 정진이 생각한 것 이상의 호응을 얻으면서 아케인 클랜의 이름을 사람들의 머릿속에 각인되도록 만들었다.

현재 아케인 클랜에 소속된 헌터의 숫자는 1,500여 명 정도였다.

하지만 정진이 작정을 하고 아케인 클랜의 문호를 열게 된다면 아직 헌터 클랜에 소속되지 않은 헌터들이 아케인 클랜에 대거 몰려들 것이다.

그렇게 된다면 아케인 클랜은 지금처럼 소수 정예가 아닌, 규모 면에서도 대한민국 최대의 헌터 클랜이 될지도 모른다.

이는 헌터 양성소를 운용한 때문만은 아니었다.

그동안 아케인 클랜과 정진은 많은 일을 해왔다.

매직 웨폰과 매직 아머뿐만 아니라 포션으로 부상당한 헌터들이 다시 현장으로 복귀할 수 있도록 지원했고, 특히나 몬스터 웨이브 때 엄청난 활약을 하며 사람들을 놀라게 만들었다.

몬스터에게 점령이 되었던 북한 지역에서 몬스터를 소탕하는 데 지대한 공헌을 했을 뿐만 아니라, 신개념 도시를 건설하면서 헌터 클랜으로서는 상상할 수 없는 능력을 보이기도 했다.

사실상 아케인 클랜은 대한민국 정부조차 함부로 다룰 수 없을 정도로 막대한 영향력을 행사할 수 있는 집단으로 거듭난 상태다.

그렇기에 정부에서도 미국의 압력에 굴하지 않고 끝까지 아케인 클랜을 보호하는 것이다.

이런 모든 이야기를 들은 이기동은 이제는 정진이 한없이 두려워지기 시작했다.

정진의 목적은 이것만이 아니었다. 이 모든 것이 단 한 가지 목적을 이루기 위한 전초에 불과하다는 것을 이기동은 알지 못했다.

"만약 제 계획대로만 일이 진행이 된다면 뉴 어스에서 대한민국은 거대한 제국을 이룰 것입니다."

확신을 하듯 정진은 그렇게 이기동에게 말을 하였다.

"그때가 되면 회장님은 후대에 세종대왕이나 이순신 장군과 같은 위인으로 불리게 될 것입니다."

정진의 이야기를 들은 이기동은 조금 전 앞으로의 계획을 듣고 두려워하던 마음도 금방 떨치고 눈을 초롱초롱하게 떴다.

언뜻 듣기에는 마치 사기꾼의 감언이설처럼 들리지만 꼭 그렇지만도 않았다.

뉴 어스는 현재 무주공산이다. 게이트를 통해 여러 나라들이 진출을 하고는 있지만 그들의 활동 범위는 게이트 주변 100㎞ 안팎이었다.

그걸 그 나라의 땅이라고 주장할 수도 없는 것이, 뉴 어스는 인간의 땅이 아닌 몬스터의 땅이다.

몬스터에게서 확실하게 그 땅을 지켜낼 수 있다는 보장이 없는 상태에서 영토를 주장한다는 것은 말이 되지 않는 일이다.

그러나 정진의 계획이 성공을 한다면 그곳은 충분히 대한민국 영토라 불릴 수 있게 된다. 그렇게 되면 그곳을 개척할 헌터들의 수장인 자신은 충분히 그렇게 불릴 수도 있었다.

"말씀 잘 들었습니다. 그럼 그 문제는 정정진 클랜장님께서 앞으로도 수고해 주시고……."

이기동이 말끝을 흐렸다.

그가 무슨 말을 하려는지 정진도 알 수 있었다.

바로 현재 한국에 와 있는 엘프 조사단들에 대한 이야기일 것이다.

그들의 정체가 외부에 알려져서는 안 된다. 더 문제는 그들이 미국의 조사단이란 감투를 쓰고 왔다는 것이다.

이기동은 이 문제로 그동안 골치를 앓아 왔다.

"그건 제가 알아서 처리를 하겠습니다."

"그럼 정정진 클랜장님만 믿고 그 문제는 일임하겠습니다."

"감사합니다."

"감사는요. 맡아서 일을 해주신다는데 제가 감사한 일이지요."

골칫거리를 해결한 이기동이 환하게 미소 지었다. 그의 눈빛에 고민을 대신 해결해 준 것에 대한 고마움이 담겨 있는 것을 본 정진은 쓴웃음을 지었다.

✝   ✝   ✝

다음 날 아침, 아케인 빌딩에 방문한 이들이 있었다.

남녀가 섞인 여덟 명의 손님들은 각자 인간이 품고 있는 아름다움과는 뭔가 다른 몽환적인 아름다움을 간직하고 있었다.

손님들이 이른 시간부터 방문하자 아케인 클랜의 직원들은 무척이나 분주해졌다.

헌터 프론티어

이들을 안내하고 있는 이는 헌터 협회의 간부였다.

사실 그들은 며칠 전부터 아케인 클랜을 방문하여 클랜장인 정진을 만나고 싶다고 했지만, 정진이 계속 출장 중이었기에 방문할 수가 없었다.

부클랜장인 이정진까지 영원의 숲 깊은 곳에 들어가 수련을 하고 있으니, 허가해 줄 지휘자가 부재 상태였던 것이다.

그런데 바로 어젯밤, 클랜장인 정진이 복귀했다는 소식이 들려왔다.

그들은 긴급하게 면담 허가에 관련된 내용을 전달했지만, 설마 하니 이렇게 일찍 클랜에 방문할 거라고는 전혀 예상하지 못했다.

"안녕하십니까. 헌터 협회 최무식 과장입니다. 이른 침부터 죄송합니다만, 클랜장님께서는 나오셨습니까?"

미국에서 온 엘프 조사단의 안내를 맡은 헌터 협회 최무식 과장이 안내 데스크에 앉아 있는 아케인 클랜의 직원에게 물었다.

"저희 클랜장님께서는 아직 나오시지 않으셨습니다. 음……."

직원은 고개를 돌려 시계를 확인해 보았다.

"현재 8시 40분이니, 아마 조금 뒤면 클랜에 도착을 하실 겁니다."

정진은 언제나 9시 전에 아케인 빌딩에 출근했다.

아케인 빌딩에 들러 잠시 업무를 보고, 게이트를 통해 뉴 어스로 넘어가 아케인 아카데미나 아케인 쉘터의 집무실에서 간부들과 회의를 하거나 연구하는 게 그의 일과였다.

"클랜장님이 오시는 대로 전달해 드릴 테니 이쪽에서 기다려 주세요."

그것이 정진에 대해 알려진 공식적인 업무이기도 했기에 데스크 직원은 그렇게 말할 수밖에 없었다.

최무식은 자신이 들은 이야기를 엘프들에게 돌아가 들려주었다.

그러자 엘프들은 고개를 끄덕이고는 직원이 안내하는 대로 로비 한쪽에 마련되어 있는 의자에 가서 앉아 정진을 기다렸다.

"모두 수고가 많습니다."

잠시 후 로비로 들어선 정진이 인사를 건넸다.

"클랜장님, 어서 오십시오. 전화로도 말씀드렸지만, 저기 손님이 와 계십니다."

정진은 직원이 가리키는 곳을 돌아보고, 그 손님들이 바로 자신을 만나자고 했던 엘프 조사단임을 알 수 있었다.

그들에게서 인간들과 다른 자연의 향취가 느껴졌기 때문이다.

"곧 가겠다고 하고 따로 안내해 주세요."

두 달 만에 돌아온 이상 정진도 그동안 클랜이 어떻게 돌아갔는지 파악해야 했다. 엘프들을 회의장으로 안내해 두도록 말한 정진이 곧장 집무실로 걸음을 옮겼다.

"잠시만……."

뒤에서 최무식이 정진을 불렀지만, 정진은 듣지 못하고 자신의 집무실을 향해 걸어갔다.

최무식은 황당한 표정을 지었지만, 그도 정진이 어떤 위치에 있는 사람인지 알기에 천불이 나더라도 참을 수밖에 없었다.

그리고 그런 모습은 직원들로부터 안내를 받던 엘프들의 눈에 고스란히 들어왔다.

최무식은 더욱 자신이 초라해지는 느낌을 받았다.

최무식이 그렇게 자괴감에 빠져 있을 때, 엘프들은 엘리베이터를 타고 회의장 쪽으로 향했다.

그러자 엘프를 인솔하는 최무식 또한 어쩔 수 없이 그들을 따라 엘리베이터에 올랐다.

✝　　　✝　　　✝

"그래, 저희가 개발한 타이탄이 미국 측에서 개발한 타이탄을 카피한 게 아닌가 싶어 오셨다구요."

정진은 간단하게 확인할 것만 확인하고 자신을 기다리는 엘프들에게 돌아왔다.

그리고 앉기가 무섭게 용건부터 꺼냈다.

정진의 질문을 받은 이브엘은 슬쩍 한쪽에 서 있는 최무식을 쳐다보았다.

그가 있는 상태에서 자신들의 정체를 알리는 것이 좋을지 판단이 서지 않았다.

현재 자신들의 정체를 알고 있는 사람은 몇 없었다.

최무식은 헌터 협회 과장이란 직책을 가지고는 있지만 이들의 정체를 알 수 있을 정도로 직위가 높지는 않았다.

"너무 급하게 이야기를 꺼낸 것 같군요. 최무식 과장님, 그러고 보니 미처 말씀을 드리지 못했군요. 방금 저희 아케인 클랜 쪽으로 이기동 협회장님께서 돌아오라는 말을 전해 달라고 하셨습니다."

"아, 그렇습니까?"

"예. 여기까지 와주셨는데 죄송합니다. 이후는 제가 안내할 테니 걱정 마십시오."

"아닙니다. 그럼 저는 바로 협회로 돌아가보겠습니다."

최무식은 마치 해방이라도 된 것처럼 개운한 얼굴로 그동안 안내를 했던 엘프들에게 인사를 하고, 배웅도 거절하며 곧장 자리를 떠났다. 엘프들을 알아서 처리하겠다고 했을 때의 이기동의 표정과 상당히 비슷했다.

'어지간히 고생한 모양이로군.'

정진이 쓴웃음을 지었다.

나중에 이기동에게 보너스라도 주는 게 어떠냐고 말해야 할까, 정진은 잠시 고민했다.

"다시 제 소개를 하죠. 전 숲의 자손인 이브엘이라고 합니다."

최무식이 떠나자 이브엘은 엘프들의 인사법에 따라 자신을 정진에게 소개를 하고, 다른 엘프들도 차례대로 소개하였다.

"전 이곳 아케인 클랜의 클랜장으로 있는 8클래스 마도사 정정진입니다."

정진은 엘프들에게는 솔직하게 자신의 경지에 대해 말했다.

가족들에게도 말한 적 없는 내용이지만, 말에서 진실을 알아낼 수 있는 능력을 가진 존재들인 엘프를 속일 수 없다는 것을 알기 때문이었다.

하지만 엘프들은 어리둥절한 표정을 지었다.

"8클래스요? 그건 어느 정도의 경지인 것이죠? 8서클과 같은 것인가요?"

이브엘이 호기심 어린 얼굴로 물었다.

"클래스 마법과 서클 마법은 그 체계가 다른 마법입니다."

정진은 서클 마법과 클래스 마법의 아주 기본적인 차이점들을 엘프들에게 설명했다.

정진의 설명을 들은 엘프들은 하나같이 경악을 금치 못했다.

그들에게 클래스 마법이란 위대한 존재인 드래곤의 마법과 같은 것으로 들렸기 때문이다.

그리고 그 추측은 어느 정도 맞는 말이기도 했다. 클래스 마법의 궁극인 9클래스 마스터의 경지에 들면 굳이 긴 스펠을 외울 필요 없이 그냥 마법을 펼칠 수 있었다.

"제 마법의 원류는 고대 마도 제국인 아케인에 기원을 두고 있습니다. 여러분들이 알고 있는 서클 마법은 아케인 제국이 역사의 뒤안길로 사라지고 난 뒤 세월이 흘러 왕국 시대가 되면서 재해석되어 나온 서클 마법입니다."

정진은 자신이 스승인 제라드를 통해 알게 된 클래스 마법의 기원과 로난에게서 들은 서클 마법의 기원에 대해 설명해 주었다.

정진의 설명에 엘프들은 눈을 반짝이며 귀를 기울였다.

그들은 현재 몬스터와 생존을 위한 투쟁을 하면서 많은 유산이 소실되어, 잃어버린 힘을 보충하기 위해 인간들이 남긴 서클 마법을 익히고 있었다.

그러니 그 원류라고 할 수 있는 클래스 마법에 대해 말하고 있는 정진의 말에 귀를 기울일 수밖에 없었다.

물론 그중 예외도 있었다. 바로 엘프 조사단의 단장으로 온 이브엘이었다.

그녀는 마법을 아예 익히고 있지 않았다. 오로지 검술만을 익히고 있기 때문에 굳이 정진이 들려주는 이야기에 관심을 보이지 않았다.

"레기온, 아니, 당신들이 개발한 타이탄도 실질적으로 우리나라에서 수입한 워리어급 타이탄을 보고 카피를 한 것이 아닙니까?"

한참 이야기를 하던 도중 더 이상 쓸데없이 엘프들에게 설명을 하는 것으로 시간을 버릴 수 없다고 판단한 정진이 본론을 끄집어냈다.

이들이 자신들의 정체를 헌터 협회장인 이기동에게 알리며 자신을 만나려고 했던 것을 보면 뭔가 목적이 있는 것이 분명했다. 서로 그것을 알고 있다면 말을 돌릴 필요가 없다.

그런 정진의 말에 이브엘은 잠시 고민을 하다 입을 열었다.

"그것은 우리와 협약을 맺은 인간들이 내세운 핑계였습

니다. 우리를 여기까지 보내기 위해서요. 우리는 당신의 도움이 필요합니다."

이브엘은 현재 엘프들이 처한 현실에 대해 정진에게 들려주었다.

현재 엘프는 미국의 로키산맥 안에 터전을 마련하고 생활하고 있었다.

뉴 어스의 엘프는 소설이나 신화에 나오는 엘프와는 다르게 세계수라 불리는 나무가 없다고 해서 생존을 못하는 존재는 아니었다. 그런 마나가 풍부한 나무가 있다면 더욱 번성을 하기는 하겠지만 말이다.

정진은 무심한 얼굴로 고개를 끄덕였다.

"마나가 부족하다는 겁니까?"

"맞아요. 저희의 지도자이신 엘과 여러 장로들께서 오랜 고심 끝에 알아낸 것인데, 역시 현자라 다르군요."

이브엘은 자신의 말에 금방 엘프 일족이 가진 문제를 알아내는 정진에게 감탄하였다.

"그렇다면 문제는 간단한 것 아닙니까? 뉴 어스로 돌아가면 해결될 것입니다."

"물론 그렇지요. 그건 저희도 알고 있습니다. 다만 문제는 저희를 보호하겠다고 이 땅에 데려온 인간들이 저희의 말을 듣지 않는다는 것입니다."

이브엘은 뭔가 화가 나는지 어금니를 깨물며 말을 하였다.

정진은 그런 이브엘의 모습에서 현재 엘프가 미국에서 어떤 대우를 받고 있는지 금방 깨달았다.

엘프들은 미국 정부에 의해 감금 아닌 감금을 받고 있는 것이다.

보호라는 명목하에 고립된 채 감시를 받고 있다.

진실을 볼 수 있는 그들은 그런 자신들의 상황을 이미 알고 있고, 협력이란 이름 아래 자신들이 그 감금과 감시의 눈길을 타파할 수 있는 힘을 기르며 때를 기다리는 중인 것이다.

정진은 엘프들이 드워프와 다르지만 비슷한 상황에 처해 있음을 알게 되었다.

드워프는 몬스터에 의해 고립되어 있지만, 엘프들은 인간에 의해 고립이 된 채 억지로 옮겨진 나무가 말라가는 것처럼 시들고 있었던 것이다.

〈『헌팅 프론티어』 제15권에서 계속〉